MONSTER MASTER
怪物大師
泯滅的靈魂碎片
雷歐幻像 作品
LEON IMAGE WORKS

U0108959

中華教育

怪物大師人物介紹
CHARACTERS INTRODUCTION
A STORY ABOUT LOVE AND DREAMS

布布路

關鍵詞：
單細胞動物、樂觀、熱血。

從小與守墓人爺爺一起生活在墓地，因為父親的各種負面傳言，一直受到村裏人排擠，但布布路從不自卑，內心深處相信自己的父親是一位了不起的人物。為了實現自己的夢想以及尋找失蹤父親的消息，他毅然離開家鄉，前往摩爾本十字基地，參加怪物大師預備生的試煉。

賽琳娜

關鍵詞：
大姐頭、敏捷、獅吼功。

出生商人世家的大小姐，卻一點都沒有大小姐的架子，與布布路一樣來自「影王村」，個性豪爽，有點驕傲，對待布布路一視同仁，從不排擠他，只因為她更在乎的是推廣家裏的生意。賽琳娜的目標是收集世界上所有類型的元素石，並熟練掌握這些元素石的運用。

帝奇・雷頓

關鍵詞：
豆丁小子、酷、毒舌。

臉上總是掛着陰沉表情的瘦小男生。帝奇的存在感薄弱，不注意看的話就找不到人了；但是他身邊跟着一隻非常招搖拉風的怪物——成年版的「巴巴里金獅」。對於是非的判斷他有自己的準則，不太相信別人，性格很「獨」。

餃子

關鍵詞：
狐狸面具、神秘、圓滑。

在去往摩爾本十字基地的路上，勾搭認識上布布路，戴着狐狸面具，看不出喜怒哀樂，從聲音來聽，似乎總是笑嘻嘻的，高調宣揚自己身無分文，賴着布布路騙吃騙喝，在招生會期間對布布路諸多照應。

冒險、正義、財富、祕寶、名譽……

富有志向的人們啊，

用心發出聲音吧，

召喚那來自時空盡頭的怪物，

賭上所有的「夢想」、「勇氣」、「自尊」，甚至「性命」，

向着成為藍星上最傳奇的 ——怪物大師之路前進吧！

【目錄】CONTENTS
《泯滅的靈魂碎片》

Especially written for kids aged 9 — 16 （專為9-16歲兒童製作）

- 【扉頁彩圖】ART OF MONSTER MASTER
- 人物介紹：布布路 / 賽琳娜 / 餃子 / 帝奇

MONSTER MASTER

「怪物大師」無盡的冒險
The Dissolving Soul Fragments

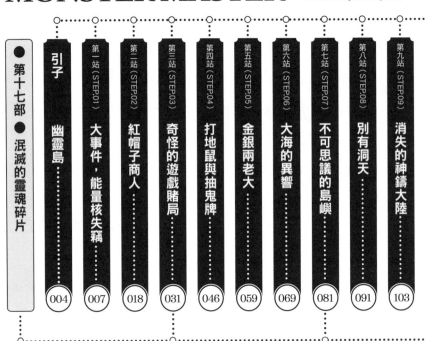

怪物大師最愛珍藏

SECRET GAME

MONSTER WARCRAFT
（隨書附贈「怪物對戰牌」♪

穿透文字的「堅強」與「感動」！

DREAM ADVENTURE COURAGE FRIENDSHIP

夢想＋冒險＋勇氣＋友誼

「怪物」與「人類」、「勇氣」與「挫折」、「信仰」與「背叛」、「戰鬥」與「思考」……是心靈的冒險，還是意志的考驗？
請與本書的主人公一同開啟奇幻之門，一起去追尋人生中最珍貴的夢想吧！

把世界的謎團串起來！
MELODIES OF LIFE

這裏是獨一無二的腦細胞幻想地帶，孩子們其樂無窮的樂園。
每部一個練膽故事，它們以神祕莫測的魔力，俘虜着人們的好奇心。
有人說，唯一的抵抗方法，就是閱讀——
請翻開這本書吧，讓人心動的世界正在向你招手……

愛 與 夢 想 的 「 新 世 界 冒 險 奇 談 」 ！

引子

CREATED BY LEON IMAGE
LOVE & DREAMS

MONSTER MASTER 17

幽靈島
MONSTER MASTER 17

　　疾風驟雨的海面上，孤零零地漂浮着一座荒涼的海島，海島上光禿禿一片，沒有樹木花草，也沒有蟲鳴鳥啼，到處都是覆滿苔蘚的潮濕岩石。在海浪的猛烈推撞下，海島不斷地起伏，底部的岩石發出怪異的轟鳴回響。

　　一個戴着玄鐵面具的男人，步如疾風地穿行在佈滿苔蘚的潮濕岩石之間。在他身後的半空中，一隻長着巨大羽翼的巨鷹緊緊跟隨，收緊翅膀緊貼地面滑行。

　　男人在一堆亂石前停住了腳步，在男人的授意下，巨鷹奮力拍動羽翼，揚起急促的颳風，岩石竟然像沙礫一般被輕易吹散，赫然露出一扇橫臥在地的巨大石門。門板上刻滿巨大而古

怪的符號，玄鐵面具遮擋住了男人的神情，卻無法遮蓋住他眼中迸射出的異樣光芒。

男人頗費周章地將巨石門推開，門下是一座恢宏而氣勢磅礡的環形殿堂。殿堂中央矗立着一根錐形石柱，柱身上圍着一圈平滑如鏡面般的晶石。而在石柱四周的地面上，則佈滿了凸凹不平的石塊。石塊上隱隱浮現出一些複雜而怪異的線條。

男人在石塊的縫隙中來回行走，觀察着上面的線條，幾分鐘後，他深吸一口氣，小心翼翼地將幾個石塊按下去。

唰唰唰！晶石柱內部竟然有光源在閃爍，鏡面般的晶石上，居然緩緩浮現出了畫面，顯然這些晶石是用某些從未見過的煉金或特殊科技材料打造而成！

男人目不轉睛地盯着晶石屏幕上越來越清晰的畫面 ——

大地上豎起了一道道黑色的煙柱，直插天際，天空中彌漫着刺鼻的硝煙，遮雲蔽日。蕭瑟的風掠過蒼茫的林海，茂密的樹冠猶如墨綠色的海洋，被翻攪得轟轟作響，惡浪滔滔，猶如戰場上敲響的雷鳴戰鼓，又猶如千萬匹戰馬紛沓狂奔的鐵蹄。

翻湧的林海中央，靜靜座落着一座險峻的灰色石山。石山上，一座氣勢磅礡而巍峨的高塔傲然聳立。塔下站滿了全副武裝的士兵，這些士兵的身材全都高大無比，赫然是一群巨人族的戰士。

然而，巨人戰士們個個疲態盡露，堅固的鎧甲也開裂剝

落，他們背對着高塔，狼狽地舉着手中殘破的武器。在他們前方，千軍萬馬已兵臨山頂，將高塔重重包圍，不過，那把巨人戰士們逼退到塔下的，卻不是同樣驍勇高大的巨人，而全部是身材矮小的侏儒和人類。

兩軍近距離對峙，現場卻鴉雀無聲，所有人皆翹首踮足，焦急而不安地仰視着塔頂的方向 —— 一位身披戰袍的巨人，傲然站在塔頂上，目光威嚴地俯視着塔下黑壓壓的人群。巨人的手中舉着一根金光閃閃的法杖，法杖的頂端還鑲嵌着一顆光輝璀璨的寶珠，杖身和寶珠都釋放出強烈的壓迫氣息，令人不由自主地心生畏懼，連呼吸都不自覺地放輕了。

巨人神情肅穆地將法杖舉過頭頂，深深提起一口氣，用蒼涼而悲壯的語氣，聲嘶力竭地吶喊道：「今日，我以巨人族總兵長的身份開啟『諸神的黃昏』，不惜跟侏儒和人類同歸於盡，以死亡來捍衛我族的尊嚴和驕傲，巨人族的榮耀將永遠不滅！」

話音落下，法杖頂端的寶珠轟然迸射出萬丈金光，那金光猶如死神伸出的千萬條觸鬚，將所觸及的一切全部吞噬，高塔和高塔之下的巨人、侏儒和人類三族，灰色的石山，林海，乃至大地和蒼穹，頃刻之間，萬物生靈全部灰飛煙滅……

晶石屏幕戛然熄滅，男人和巨鷹靜靜地站在黑暗中，漸漸和黑暗融為了一體……

泯滅的靈魂碎片
MONSTER MASTER 17

新世界冒險奇談
第一站 STEP.01
大事件，能量核失竊
MONSTER MASTER 17

令人難以置信的竊賊

黑鷲導師今天很不對勁！

體能課上，在料峭寒風中被罰跑圈的吊車尾小隊四人互看了一眼，心中充滿了疑惑。

平日總是笑嘻嘻的黑鷲導師此時正格外嚴肅地盯着他們。他的面色陰沉得可怕，仿佛腦袋上頂了十萬噸不會融化的寒冰。

這絕不是黑鷲導師該有的表情！倒是有些像他的雙胞胎哥

哥 ——白鷺導師。

「嘿嘿，我知道了，雙子導師互換了，我們眼前的黑鷺導師是白鷺導師偽裝的。」餃子狐疑地摸着下巴。

「甚麼？互換了？」布布路差點兒當真，幸好，在他的白痴問題問出口前，摩爾本十字基地的廣播搶先一步響了起來——

「嘀嘀！緊急通知，請黑鷺導師即刻前往院長室！請黑鷺導師即刻前往院長室……」

廣播中傳來尼科爾院長略顯急促的聲音，黑鷺導師擰緊的眉頭又往眉心擠了擠，雙眼中閃過一絲不安。

布布路四人吃驚地看着在逆光中匆匆轉身離去的黑鷺導師的背影，心中不約而同浮現出一種奇怪的預感，總覺得有甚麼不好的事情將要發生了……

四個人的目光緊張兮兮地碰在一起：尼科爾院長最注重基地的日常教學了，預備生們無故遲到和早退會被扣學分和罰寫檢討；對導師們則更為嚴苛，無故缺課不僅要減薪，還將面對地獄級難度的體能懲罰。回想起來，這種在上課時間把導師緊急叫走的事，以前可從來沒發生過！

難道……發生了甚麼不得了的大事？

轟——大家的八卦魂瞬間就被點燃了。

四個預備生立馬脫離罰跑路線，鬼鬼祟祟地溜到院長室門口，去做他們最擅長和熱衷的那項娛樂活動——扒門縫偷聽。

院長室房門緊閉，厚重的門板阻隔了屋內的一切聲響。

「不愧是院長室，隔音做得真好……」餃子歎了口氣，淡定地從隨身的口袋裏掏出一個奇怪的小喇叭，這是他在鬼市做苦工時辛辛苦苦淘來的專業竊聽器。

餃子將小喇叭貼到門上，喇叭筒裏清晰地傳出尼科爾院長略顯沙啞的聲音：「怪物大師管理協會剛發來消息，確認闖入協會機密倉庫並偷走達摩能量核的正是你的兄長 —— 白鷺！」

甚麼？白鷺導師？布布路幾人難以置信地齊齊倒抽了一口冷氣。

不久前，他們在武器之國沙魯，化解了滅世武器 —— 達摩引發的災難，最終，達摩化作萬丈白色光芒消失了。（詳見《怪物大師・來自地底的至尊魔器》）事後，怪物大師管理協會在清理現場的時候，發現了一枚不起眼的黑色石頭，根據鑒定，那是一枚凝結而成的能量核，裏面封印了達摩的力量。

為了防止有人圖謀不軌想再次喚醒達摩的力量，管理協會對外封鎖了消息，把能量核鎖在機密倉庫裏，嚴加保管。

現在尼科爾院長竟然說平日做事像教科書般完美無瑕、沒有任何劣跡的白鷺導師偷走了達摩能量核！這怎麼可能呢？

白鷺導師的訣別書

這一刻，空氣如同凝固了一般異常沉重。門外的偷聽者們震驚不已，門內的黑鷺更是無法接受，矢口否認道：「不可能！一定是搞錯了！我哥絕不會做這種敗法亂紀的魯莽之事！」

「我也希望這是誤會，」尼科爾院長歎了口氣說，「不過，管理協會發來了一段蜂眼的監控影像……」

聽到有監控影像，布布路焦急地看向身後的三個同伴——怎麼辦？看不到啊！

餃子不慌不忙地從「竊聽喇叭」的底部

拉出一根管線，管線上連了個超迷你的蜂眼鏡頭，鏡頭將院長室內的畫面投影到了牆壁上 ——

只見尼科爾院長播放的監控畫面中浮現出一個疑似白鷺的身影，那人正快速掠過曲曲折折的走廊。

值得注意的是，那人身側有一隻形似一尾狐蝠的怪物。可能是由於一尾狐蝠的超聲波技能，設置在走廊內的監控蜂眼受到了干擾，監控畫面時而顫抖，時而模糊。

布布路納悶地揉着眼睛，猜測道：「也許是千面妖蛾之類的東西假扮白鷺導師？」

餃子三人卻若有所思地搖了搖頭。管理協會的機密倉庫不僅地形複雜，防範措施也極其周密，守衛除了定時在走廊巡邏之外，還在一些關鍵的位置站崗。監控中的人卻能精確地——避開了巡

邏的守衛，遇到無法躲避的崗哨時，則會主動出擊，出其不意地將對方擊暈，不留絲毫破綻。那刁鑽的攻擊角度和果決的出手速度，可不是那麼容易模仿的！

更確鑿的證據來自畫面外，黑鷺導師冷汗直流。從他的神情和反應可以看出，影像中的人就是白鷺無疑，因為沒有人比他更熟悉白鷺的身形和動作。

「布布路，賽琳娜，餃子，帝奇，四個笨蛋。」影像中，白鷺突然出聲了。

咦？四個預備生一陣慌亂。甚麼情況？為甚麼白鷺導師突然提起他們的名字，而且還罵他們笨蛋？

接下來發生的事給了他們意想不到的答案 ——

白鷺身邊空曠的牆壁像被水浸濕的紙一般泛起了漣漪，牆內是一間密室，裏面擺滿了大大小小的櫃子。白鷺堂而皇之地穿牆而入，進入密室後，影像便中斷了。

「難……難道白鷺導師剛剛那句話是開啟機密倉庫的口令？」賽琳娜瞠目結舌地說。

「和院長藏寶室的那個『在一堆垃圾中找寶貝』是一樣的意思嗎？」布布路恍然大悟。（詳見《怪物大師·冰封的時之輪》）

「怎麼能以辱罵別人作為口令呢？」餃子的眼珠子狡黠地轉動，嘀咕道，「這種情況，至少要支付我們一些姓名使用費吧？」

「安靜！」帝奇向餃子射來一記眼刀，示意大家專心聽院長

室裏的動靜。

尼科爾院長正在說話：「這就是目前管理協會掌握到的證據。黑鷺，你對白鷺這次的行為真的毫不知情？一點頭緒都沒有嗎？」

黑鷺心煩意亂地扯着頭髮，從貼身的口袋裏掏出一張密密麻麻寫滿小字的信紙，神情凝重地對尼科爾院長說：「院長，這是我哥昨天留給我的信，他說臨時有急事要出趟遠門，歸期不定，讓我幫他代課。還給我寫了各種注意事項，比如不要過度餵食金剛狼，它吃生肉會拉肚子，還讓我不要熬夜，每個月合理分配使用工資，不要當月光族……」

信紙上林林總總，至少羅列了一百條注意事項，沒等黑鷺念完，尼科爾院長就制止道：「不用念了，我知道了，白鷺將你和金剛狼的衣食住行全都事無巨細地交代了一遍。」

黑鷺擔憂地說：「我是今天早晨才在枕頭下發現這封信的，看完之後我也覺得很奇怪，我哥以前執行任務前，通常都是跟我說一句『我走了，你好自為之』就離開了，偶爾留書也就寫兩三句，和他平時一樣惜字如金，像這次這種情況還從沒有過，就好像……好像……」

黑鷺說不出口，餃子在門外着急地接道：「好像是訣別書一樣。」

訣別，當餃子將這個詞說出口的時候，四周的溫度仿佛驟降到了冰點，大家心裏猛地咯噔了一下，都意識到事件的嚴重性。這很可能關乎一直照顧他們的導師的……生命！

布布路咬着不知從哪兒抓來的小手帕，眼淚汪汪地說：「白鷺導師有我們這樣可愛的學生，每天都過得這麼有滋有味，為甚麼要寫訣別書？」

「別吵了！」帝奇嚴肅地警告正被大姐頭左右捶打的餃子和布布路。

院長室裏，尼科爾院長和黑鷺的談話還在繼續──

「我是看着你們兄弟倆長大成人的，我堅信你們倆的人品，但這次發生的事證據確鑿，白鷺無從抵賴。管理協會已經派出多可薩來調查這件事，目前他正在趕來十字基地的路上。我希望你能搶先找到白鷺，不管他是出於何種理由偷走了達摩能量核，你都務必勸他迷途知返。如果……」尼科爾院長加重語氣強調道，「到了明天晚上 ，你還不能把白鷺和達摩能量核帶回來，管理協會就會發出通緝令，可能還是兩張！黑鷺，你的決定呢？」

尼科爾院長的意思很明顯，只要黑鷺導師能在明晚前找回白鷺導師和能量核，他就能從中協調，讓管理協會對此事從輕處理。

聽到這兒，布布路四人的眼中浮現出了一絲希望。

一起踏上找哥哥的旅途

黑鷺立即會意，一刻也不敢耽誤地出發了。

只是黑鷺沒走幾步，就意識到有幾個麻煩鬼如影相隨地

跟着他。他不得不停下腳步，轉頭譏諷道：「我說，你們幾個是金魚大便嗎？」

布布路四人只好走上前來。

餃子豎起大拇指，恭維說：「黑鷺導師，您的反跟蹤能力真強！」

「你們這麼明目張膽地走在我身後，躲都不躲一下，還好意思自稱跟蹤？」黑鷺沒好氣地瞪向四人，「說！為甚麼要跟着我？」

「因為我們要跟你一起去找白鷺導師！」布布路理所當然地回答。

「你們怎麼會知道我要去……好啊，你們又偷聽！」黑鷺氣得直跺腳，「你們這四個傢伙不知道甚麼是尊師重道嗎？竟敢偷聽導師的隱私……」

「都甚麼時候了，您就別計較這些小事了。」餃子一本正經地揮手打斷他說，「如果我們明天晚上還找不到白鷺導師的話，您可是也會成為通緝犯！」

「誰要跟你們『我們』啊？」黑鷺被戳中痛處，生氣地咆哮，「滾！」

「黑鷺導師，請讓我們幫忙吧！」賽琳娜誠懇地說，「在沙魯我們四人就和達摩結下了不解之緣，這次能量核失竊，又關係到我們的兩位導師，我們怎麼能置身事外呢？」

「而且，白鷺導師偷能量核的原因很令人費解！事態的發展也許根本不是我們現在能想像得到的，這時候，人多一些絕對

是有利的。」帝奇板着臉補充道。

　　一旁的布布路也努力用期待的目光盯着黑鷺，跟着三個伙伴的話猛點頭。

　　黑鷺不耐煩地張嘴正要說甚麼 ——

　　嗡嗡嗡……

　　天空中傳來的引擎聲恰恰蓋過了黑鷺的聲音，一艘龍首船驀地出現在十字基地上方，一個瘦高的人站在桅杆後面，操縱着船體緩緩下降。

　　「是多可薩！」布布路一下子認出那人的身份。

　　黑鷺臉色一白，本能地躲到一棵大樹後。

　　餃子面具下的狐狸眼閃過一

道精光，笑裏藏刀地說：「黑鷺導師，您是帶我們一起去找白鷺導師，還是我們現在就向多可薩匯報您的位置？」

賽琳娜叉起腰，擺出大吼大叫的姿勢；布布路用雙手在嘴邊做出喇叭狀；帝奇挑釁般地舉起怪物卡，巴巴里金獅的咆哮彈，足以讓方圓百里內的人都聽見。

面對學生們明目張膽的威脅，黑鷺強忍放金剛狼出來咬人的衝動，無奈地長歎一口氣，認命地帶上這四個「累贅」，一起踏上找哥哥的旅途⋯⋯

泯滅的靈魂碎片
MONSTER MASTER 17

新世界冒險奇談
第二站 STEP.02

紅帽子商人
MONSTER MASTER 17

當心，蜜雪鄉的陷阱

突突突 ──

賽琳娜駕駛着甲殼蟲，載着大伙兒一路狂飆。直到駛出北
之黎的地界，賽琳娜才深呼出一口氣，讓甲殼蟲減速行駛，回
頭問道：「黑鷺導師，咱們接下來往哪個方向開？」

黑鷺鬱悶地擠在後座上，整個人還沒從甲殼蟲飛一般的
速度中回過神來。他的耳膜快被布布路的喊叫震裂了，思緒也
快被餃子瘋狂的嘔吐聲撕碎了……

「不好意思啊，黑鷺導師，我忘記提醒您了！」賽琳娜得意地說，「我的甲殼蟲在鬼市改造過了，時速堪比蚍蜉大奔。」

「蚍蜉大奔……」黑鷺吞了吞口水，總覺得自己好像錯過了四個小鬼某段異乎尋常的經歷。不過現在不是追根究柢的時候，既然決定和學生們一同前往尋找白鷺，黑鷺決定將更重要的情報和他們分享。「剛才院長播放的影像中，我發現了一個細節，一隻半透明的銀灰色生物始終圍繞在我哥周圍飛動。那生物長着兩片薄如蟬翼的翅膀，翅膀上有逆時針的螺旋圖案，沒有口鼻，也沒有觸手，外觀十分詭異。正是因為有它引路，我哥才能準確地避開機密倉庫的守衛……」

「銀灰色生物，逆時針螺旋圖案的翅膀，沒有口鼻和觸手？」帝奇臉上閃過一絲奇怪的神色，若有所思地重複着黑鷺的話，「聽起來很像……幽冥之蝶。」

「沒錯，」黑鷺導師點點頭說，「這讓我想到了……」

黑鷺和帝奇幾乎異口同聲地說道：「紅帽子！」

幽冥之蝶？紅帽子？對於滿臉懵懂的布布路三人，黑鷺耐着性子解釋道：「紅帽子是藍星上最為神秘的情報商人，他的神秘之處體現在，沒人知道他的性別、年齡和來歷，甚至沒人知道他是一個人、一個組織還是一個家族，關於他的一切都是謎。人們只知道，千百年來，紅帽子商人身邊總會伴隨着一種名為幽冥之蝶的生物。久而久之，幽冥之蝶就成了紅帽子的標誌。」

「這麼說來，白鷺導師偷走能量核的事很可能跟紅帽子有

關！」賽琳娜想了想，追問道，「不過，我們該去哪兒找紅帽子呢？」

「這個不難，」黑鷺胸有成竹地說，「作為以販賣情報為業的情報商，紅帽子在藍星各個大陸都有據點。琉方大陸上有四個據點，離北之黎最近的是位於蜜雪鄉的北部分會，以甲殼蟲的速度，不出一個小時就能趕到。聽說那裏下的雪會有蜜糖的味道，因此得名『蜜雪鄉』。」

「哇，蜜糖味的雪！」布布路嘩啦啦地流口水。

「布魯布魯！」一直賴在棺材上打瞌睡的四不像也頓時精神起來。

「哼，只有笨蛋才老想着吃！」帝奇立馬給布布路和四不像潑了

一盆冷水，「雖說紅帽子堪稱藍星排名第一的情報商人——沒有他不知道的情報，只有他不想賣的情報——但在我們雷頓家族卻有一條不成文的規定，當面臨沒有情報的困境時，寧可冒險或放棄任務，也不要找紅帽子做交易。據我所知，我大哥尤古卡私下裏曾和紅帽子交易過一次，事後他整整三天心情都很差，後來他只告訴我一句話：絕對不要和紅帽子打交道！」

「嘖嘖，能令尤古卡大傷腦筋，看來紅帽子不好惹啊！」餃子說話的語氣中摻雜了些幸災樂禍的味道，只是想到接下來他們自己也要面對紅帽子，他又感到前途堪憂。

甲殼蟲一路風馳電掣，很快來到蜜雪鄉的地界。此時北之黎還是盛夏，蜜雪鄉卻覆蓋着皚皚的白雪，遠遠望去，白茫茫的雪原深處，屋頂高低起伏，半空中飄盪着片片雪花，空氣中散發着香甜的蜜糖味，沒有一絲寒氣。

布布路和四不像歡呼着跳出甲殼蟲，撲倒在蜜糖一般的雪花中。

噢噢噢，太香了！布布路舔了舔嘴

唇，四不像甩了甩耳朵，一人一怪着魔般撲到雪中，想要嘗嘗味道。

嗖 ── 一道銀光驚險地擦着布布路和四不像的鼻尖掠過，帝奇冷着臉呵斥道：「不 ── 許 ── 吃！」

看着帝奇手中閃着寒光的飛刀，布布路這才回過神來，赫然發現雪地中有好幾個形狀詭異的凸起物，仔細一看，竟然呈現出……人形！

「布魯，布魯布魯！」四不像朝雪堆張牙舞爪地發出不滿的怪叫。

布布路不禁嚇了一跳：「不好，有人在雪地裏暈倒了！」

「不，你看看他們的樣子，蜜雪鄉的雪恐怕大有問題！」餃子眼中閃過一絲危險的光芒。

這些人全都以極不自然的姿勢趴在地上，被雪覆蓋的臉上依稀能看出陶醉的表情。雖然還有生命氣息，卻一動不動，極有可能都是受到蜜雪的誘惑，吃下後被迷倒在雪地中的。

蜜雪鄉果然不簡單！布布路和四不像後怕地看着地面上厚厚的積雪。

另類的迎賓使者

窸窸窣窣……

忽然，積雪下傳來一陣令人頭皮發麻的窸窣聲。

布布路一行人心中警鈴大作 ── 有甚麼東西正從四面八

方逼近，似乎要將他們包圍起來。

大家繃緊身體，做出備戰的姿勢。

噗的一聲，地面的一塊積雪像禮花一般綻開，一顆土黃色的小腦袋從雪下鑽了出來。

雪地一下子像沸騰的水面一般，噗噗噗地鼓起無數個雪包，一個、兩個、三個、四個……眨眼之間，鑽出了成百上千顆毛茸茸的小腦袋。

那些小腦袋全都探着尖尖的嘴，頰囊鼓鼓的，使勁眨巴着一雙雙黑溜溜的小眼睛，嘴巴上的小鬍鬚還滑稽地顫動着。

「土……土撥鼠？」大家驚愕地瞪大眼睛，原本嚴陣以待的緊張氣氛瞬間瓦解。

「這裏不是蜜雪鄉嗎？怎麼成了土撥鼠的大本營？」餃子哀怨地捂住雙眼，「救命啊，我的密集恐懼症發作了！」

「就你毛病最多！」帝奇對餃子翻了個白眼。

「你們看！」布布路發現土撥鼠的移動竟然是有規律的。它們搖晃着矮胖的身體，跑來跑去，不一會兒的工夫，居然在雪地上組合出一個大大的方向箭頭！

土撥鼠們甩着短尾巴，整齊劃一地邁着步子，巨大的方向箭頭緩緩地在甲殼蟲前方移動了起來。

四個預備生狐疑地對視一眼，這些土撥鼠是要給他們引路嗎？

黑鷺沉聲說：「跟上去看看！」

賽琳娜發動甲殼蟲，跟在土撥鼠大軍後面。

越往裏深入，大家就越覺得古怪。

雪原深處的建築有的又高又大，幾乎能住下巨人，有的卻又矮又小，連侏儒都進不去。

建築的風格更是千奇百怪，有尖頂的、圓頂的，還有歪歪扭扭不成形的，從不同角度看上去呈現出不同的造型。這些房屋不論大小都沒有窗戶，雜亂無章地擁擠在一起，沒有一絲生活氣息。隨着越來越深入，建築間的道路也越來越窄，如雞腸子一般扭曲，完全無法分辨方向。

在「箭頭」的指引下，幾人來到一棟小樓前，土撥鼠們哧溜哧溜地鑽進雪地不見了。

布布路他們打量起這棟小樓，和周圍那些千奇百怪的古怪建築比起來，它的外觀和大小顯得最為正常，但房頂上掛着的繪有紅帽子圖案的旗幟又表明了它的特殊。

　　「這裏應該就是紅帽子在蜜雪鄉的老巢了。」帝奇鎮定地說。

　　「所以說，剛才那些土撥鼠是紅帽子派來迎接我們的使者？」賽琳娜瞪大眼睛說。

　　「嘖嘖，又是幽冥之蝶，又是土撥鼠，紅帽子是個動物協會嗎？」餃子忍不住發起牢騷。

「阿嚏 ——」布布路突然朝小樓的木門打了個超級大噴嚏。

餃子嫌棄地看着沾滿了口水和鼻涕的可憐木門，示意布布路自己去開門。

布布路無辜地吸了吸鼻子，推開門，大家徑直走了進去。

樓內十分明亮，雜亂地堆滿了琳琅滿目的裝飾品，盡現紅帽子「奸商囤貨」的貪婪。透過一樓大廳向上望去，每一層的房間都燈火通明，不時有竊竊私語聲從房屋的四面八方傳來，好像潮起時的浪花一波波地打在眾人的耳膜上。

「怪不得蜜雪鄉裏那麼安靜，原來人都跑來這裏了啊！」餃子壓低聲音嘟噥道。

「喂！紅帽子在嗎 —— 在嗎 —— 在嗎 ——」布布路的聲音在樓內反射出層層回音。

可是過了好一會兒，並沒人出來搭理他們。大家狐疑地對視了一眼，用眼神互相示意：上去看看。

上了樓梯，大家才發現那些明亮的房間內空無一人。可那不絕於耳的說話聲到底是從哪兒來的？大家越發納悶了。

古怪的氣氛中，賽琳娜猛地打了個激靈，指着四周的裝飾物驚叫道：「你們快看！」

這一眼讓眾人齊齊倒吸了一口涼氣，那哪是甚麼裝飾物！

大家目力所及範圍內，那些看起來雜亂無章的裝飾物分明是各種各樣的器官！

這些器官有的來自人類，有的來自怪物——有像蟲子一樣蠕動的舌頭，有不斷開合翕動的嘴巴，有豎起來聆聽的耳朵，有骨碌碌轉動的眼睛，還有上下聳動的鼻子⋯⋯

天哪！這些器官都是活的，就是它們在竊竊私語！

所有人寒毛倒豎，餃子頭皮發麻地沉吟道：「我猜，紅帽子無所不知的原因很可能就是源於這些具有獨立生命的器官。也許⋯⋯紅帽子在藍星四處遊歷以收集器官為樂，這些眼睛、舌頭、耳朵、鼻子和嘴巴代替紅帽子將所見所聞收集起來，如此一來，藍星各處的風景民俗，各種信息就能盡在他的掌握之中⋯⋯」

「咳咳，你可以克制一下自己的想像力嗎？」黑鷲打斷道，餃子的胡編亂謅讓眾人覺得更加毛骨悚然了。

交易情報的「價碼」

空寂的小樓裏，環繞在四周的五官們仿佛在竊笑，跳動的燭火仿佛垂死的螢火蟲般為它們投下古怪的陰影，更添幾分猙獰。

氣氛詭異極了！黑鷲和四個預備生面面相覷，一時之間不知如何是好。

「阿嚏！阿嚏！阿嚏！」

布布路的噴嚏打得更頻繁了，他不時抬手在眼前揮舞，仿佛想要驅趕甚麼東西。

「周圍的氣流很奇怪，好像有看不見的東西在我們附近移動。」帝奇陰着臉說，「其實在樓外我就隱隱感受到了，進來之後感覺更加明顯。」

「阿嚏！阿嚏！阿嚏！」布布路又打了一大串噴嚏，用大姐頭遞來的紙巾擦了擦鼻涕，終於能開口說話，「我感覺有東西停在我的鼻尖上，蹭得我好癢，可卻怎麼打也打不到，阿嚏！」

大家定睛看去，布布路的鼻尖上甚麼都沒有，黑鷥皺着眉頭說：「看不見不代表不存在，這個地方很邪門，大家要提高警惕！」

四個預備生紛紛點頭，餃子正想要用天眼感知一下周圍的情況，四不像卻突然在大家前面跳來跳去，布魯布魯地叫喚起來。大家這才發現，空蕩蕩的樓梯上不知何時出現一個人。

來人身材高挑，身穿華麗的禮服，頭戴一頂造型別致的紅色禮帽，步伐優雅地從樓梯上走下來，緩步踱到布布路他們面前，彬彬有禮地說：「黑鷥先生，布布路‧布諾‧里維奇，賽琳娜‧昵‧菲爾卡，帝奇‧雷頓，哦呵呵，還有來自塔拉斯的長生王子……」紅帽子的目光一一掃過眾人，他在最後看見四不像時，眼中飛快地閃過一絲興奮的神色，但他很快收斂起情緒，禮貌地說，「歡迎各位貴賓遠道而來，我是駐守蜜雪鄉的紅帽子商人！」

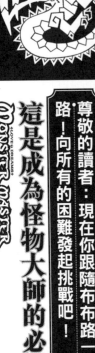

任務學分評級測試

尊敬的讀者：現在你跟隨布布路一起踏上了成為怪物大師的道路！向所有的困難發起挑戰吧！

Q01 你一直尊敬的導師突然做了一件被世人定義為背信棄義的事，因而遭到通緝。目前的狀況是，只有你能找到他，你會怎麼做？

A. 去找他，當面質問 ——（前往第 2 題）
B. 不找他，獨自調查真相 ——（前往第 4 題）
C. 不聞不問，明哲保身 ——（你的學分評級為 D）

■即時話題■

布布路：我想問一下，那個金魚大便是甚麼意思？

餃子：布布路，你看過金魚便便的樣子吧！那麼回憶一下，金魚大便總是長長的一條拖在後面……

布布路：對哦，所以黑鷺導師是說我們是拖在他身後的便便嗎？他是嫌棄我們又臭又長嗎？嗚嗚，我有點受傷的感覺。

帝奇：哼，說我們之前他都先承認自己是條金魚了，你有甚麼好傷心的！

賽琳娜：聽說金魚都沒啥智商，連記憶都不超過七秒，黑鷺導師居然這麼貶低自己，我真為他心疼。

黑鷺：你們夠了！我就搞不懂了，為甚麼你們看到我哥屁都不敢放一個，碰到我就各種諷刺調侃，你們到底知不知道我也是捏着你們學分評斷的導師？

四人：黑鷺導師，對不起，我們錯了。

黑鷺：我怎麼覺得你們是為了學分評斷才道歉的，並不是真心尊敬我？

四人：怎麼會？呵呵呵。

完成這個測試後，你可以判定自己作為一個怪物大師預備生在本次的任務中所獲得的學分評級。

測試答案就在第十七部的233頁，不要錯過喲！

泯滅的靈魂碎片

MONSTER MASTER 17

新世界冒險奇談

第三站 STEP.03

奇怪的遊戲賭局
MONSTER MASTER 17

賭局是遊戲？

　　紅帽子不僅準確地叫出布布路他們的全名，甚至連餃子的本名和身份都一清二楚！這讓大伙兒全都露出了戒備的表情，看來接下去的交涉務必要加倍謹慎。

　　「你……你真的無所不知嗎？」布布路突然想起了甚麼，雀躍着撲上去問，「我想知道十一年前我爸爸的事！」

　　「噢，這可不行。」紅帽子伸出一根手指，故弄玄虛地在布布路眼前搖了搖，「這份情報事關重大，牽連甚廣，我不能賣

給您，至少不能賣給現在的您，因為您身上沒有任何能和我交易的籌碼。不過，如果將來您當上了真正的怪物大師，到時說不定我們就可以談一談了。」

「哦！」布布路拍了拍自己身上，果然窮得叮噹響，只能失望地退到一邊。

紅帽子露出讓人捉摸不透的假笑，三言兩語就把布布路給打發了，讓黑鷺和餃子三人心中生出一股莫名的畏懼之感。他們真的能從紅帽子口中順利打探到關於白鷺的消息嗎？

顯然，直接問，他肯定不會回答。黑鷺瞇了瞇眼睛，換上威脅的口吻，恫嚇道：「紅帽子，既然你無所不知，你應該已經知道我們的來意了。我哥白鷺闖入怪物大師管理協會倉庫時留下了與幽冥之蝶同行的影像記錄，此事你絕脫不了關係。不過，我們並不是來追究你的責任的，我們只想知道我哥的目的和下落！」

「看來您有所誤會，」面對黑鷺的威脅，紅帽子絲毫不為所動，慢條斯理地回答道，「作為一個有職業操守的商人，我的工作是為顧客提供情報，並對交易細節嚴格保密，至於客人所做之事的目的和之後的去向，可不是我等小小的商人可過問的。」

「你想撇清關係……」

　　黑鷺正要發怒，紅帽子做出一個「稍安毋躁」的手勢：「如果您作為親屬前來尋人，恕我無法告知詳情。不過，如果您作為客人前來，大可以和我做交易。只要您願意付出合適的『價碼』，我自然願將白鷺先生的去向作為情報賣給您，您看如何？」

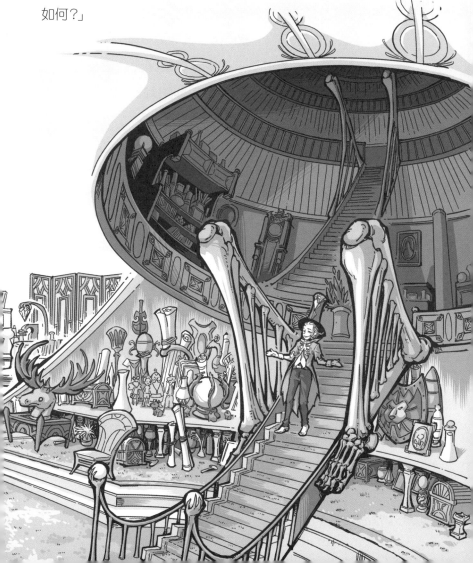

「你想要甚麼價碼?」黑鷺耐着性子,用儘量平和的語氣詢問道。

「我想要的價碼嘛,說高也高,說低也低⋯⋯」紅帽子將雙手背在身後,皮笑肉不笑地說,「只要各位貴賓跟我一起玩場遊戲,若能三局兩勝贏過我,我便說出白鷺先生的下落。」

甚麼?用遊戲的輸贏來換取情報?這交易也太草率了吧!

「其中必有古怪⋯⋯」賽琳娜警惕地說。

「傳聞中,紅帽子跟每一個交易對象開出的價碼都不一樣。」帝奇壓低聲音對伙伴們說,「有的價碼唾手可得,有的價碼卻難如登天,而且這些價碼的形式千奇百怪,完全取決於紅帽子當時的心情。正因如此,所有想要跟紅帽子做交易的人,事先都無從準備,能否得到自己想要的情報,全憑運氣⋯⋯這種不確定感往往能給對手帶來一種無形的壓力,讓紅帽子一開始就佔據了心理上的上風。」

「餃子,你看紅帽子今天的心情好嗎?」布布路最不擅長察言觀色了,只好虛心請教餃子。

餃子對紅帽子仔細打量了一番後,無奈地說:「不行,這個人城府太深了。按理說,一個人不管如何掩飾,還是會通過五官和行為舉止,不經意地泄露出他內心的情緒,只要仔細觀察,一定能看出端倪。但在紅帽子身上,這個辦法完全行不通。你們看,他眼角微微下垂,似乎很傷心,可嘴角又是上揚的,說明他很高興;他的腳尖不時抖動兩下,代表他很不安,可他的目光又是平靜的⋯⋯」

這個紅帽子竟然如此深不可測，怎麼辦？這種不知道價碼的遊戲要如何玩呢？

最公正的遊戲仲裁

一旦答應玩遊戲，就等於將自己的命運交到紅帽子手中。四個預備生衝着黑鷺拼命使眼色，想要商討一下對策。

沒想到黑鷺早已按捺不住心中的焦急，毫不猶豫地對紅帽子說：「沒問題！你說吧，遊戲怎麼玩？」

四個預備生的內心頓時炸裂了！看來一旦事關白鷺導師，黑鷺導師只會比他們更衝動。

「哈，真是一位爽快的客人！」紅帽子摘下頭頂的紅帽子，往半空中一揚，四周頓時暗了下來，空中浮現出一個個旋轉的金屬骰子，猶如夜空中升起的滿天繁星，其中緩緩現出一個圓形的煉金術陣。一隻身材胖墩墩的怪物從陣眼中搖搖擺擺地走出來，這隻怪物身着一身大紅色的斜排扣綢緞制服，圓鼓鼓的肚子上凸出一塊亮晶晶的顯示屏。

賽琳娜驚訝地喊道：「噢，這不是星光賭場的荷官嗎？」

「啥星光河光？」布布路的知識量一如既往地令人擔憂。

大伙兒來不及給布布路解釋，那怪物已經張嘴說起話來，它字正腔圓地說：「大家好，我是遊戲仲裁者——佩達瑢，我承諾，今天這場遊戲將是公平、公正的！同時，我也宣佈，從現在開始，直到遊戲結束，任何人都禁止離開這個封閉的空

間，也禁止以任何理由中斷遊戲！」

餃子憂傷地耷拉着頭哀歎道：「呃，就這麼開始遊戲啦？連個說『不』的機會都不給我啊！」

佩達珞眼神威嚴地掃視了一遍在場的人，問道：「遊戲的發起者是誰？」

「是我。」紅帽子舉起手，嫻熟地說，「遊戲規則一如既往為三局兩勝，如果黑鷥先生一方贏，他們就可以從我這裏得知白鷥先生的下落；但如果黑鷥先生一方輸了，嘿嘿，他們就要留下身體的一部分。」

紅帽子輕鬆的語氣讓布布路他們驚出了一身冷汗，甚麼叫「留下身體的一部分」？大家赫然想起裝飾在屋內的那些「五官」，難道這都是之前輸給紅帽子的人留下的嗎？

一時間，大家腦子裏不由得開始想像自己丟了器官，成為沒鼻子沒眼睛沒嘴巴沒耳朵的無面人……

「我抗議！」餃子汗毛倒豎地跳了出來，「紅帽子之前只說『價碼』是玩遊戲，並沒有提出遊戲還有這種不合理的附加條件！」

紅帽子文質彬彬地扯着嘴角，微笑道：「從黑鷥先生代表各位答應玩遊戲那一刻開始，就等同於認可了我開出的『價碼』。別忘了，我是個商人，商人從來不做虧本的買賣，只有我輸了要付出代價，豈不是不公平？」

「就是這樣！」佩達珞附和道。

「你是紅帽子從煉金術陣裏召喚出來的，誰知道你和他是

不是一伙的？」賽琳娜擺出大姐頭的架勢，叉腰說。

「賽琳娜小姐，您剛才明明認出佩達珞是星光賭場的荷官了，」紅帽子裝腔作勢地說，「所以，您應該知道它存在的唯一使命就是維持遊戲的公平，怎麼會是我的同伙呢？」

見賽琳娜語塞，布布路猛拉餃子的袖子，追問道：「那個星光的河光到底是甚麼啊？為甚麼它就代表着公正呢？我們真的能信任它嗎？」

餃子只好把沒常識的布布路拉到一邊，科普道：「星光賭場是藍星上最大的賭場，賭場內魚龍混雜，對客人不設門檻，任何人都能找到一席之地。遊戲項目更是包羅萬象，無奇不有。但星光賭場之所以能備受推崇並不只是因為這些，更重要的是這裏跟其他賭場不同，它杜絕任何內幕交易，保證所有賭局的絕對公正。不論是皇親國戚還是名流巨賈，想要在星光賭場獲得財富，所有人都只能憑藉自己的智慧和技巧，作弊是絕對行不通的。而賭場內的所有賭局都由同一種怪物擔任荷官，這種怪物被統稱為佩達珞，它們被創造出來的唯一使命就是維護公平和公正，可以毫不誇張地說，它們是藍星上最公正的仲裁者。」

「這樣啊，」布布路點點頭，樂觀地叫起來，「那我們就不用怕紅帽子耍詐啦！」

餃子三人齊齊在心裏翻了個白眼，布布路這小子未免太天真了吧？像紅帽子這樣的奸商恐怕早就打好了如意算盤。不知道等着大家的究竟會是甚麼遊戲呢？

黑鷺導師的特技

「雙方還有甚麼疑問嗎?」佩達珞肚子上的屏幕閃了閃,問道。

四個預備生對視一眼,正準備同意遊戲開始,黑鷺卻揚手攔住了大家,獨自向前邁了一步,用一種不容商榷的態度說:「我剛剛的確同意了紅帽子的遊戲,但是遊戲雙方是我和紅帽子,與我的學生無關。如果我們輸了,紅帽子只能從我一個人身上取走你想要的東西!」

「不行!我們要共同進退,我們是一起來救白鷺導師的,風險也應該共同承擔!」布布路第一個出聲道。

餃子三人有些遲疑,但也點頭同意布布路所說的。雖然平日裏總是鬥嘴,但在他們心中早就視兩位導師為家人、為同伴了,此刻怎麼可能選擇明哲保身呢?

「布魯布魯!」只有四不像露出一臉「反正與本怪物無關」的看好戲的表情。

「就你們幾個吊車尾的預備生還妄想幫上導師的忙?老老實實在旁邊當觀眾吧!」黑鷺露出駭人的眼神,刻薄地說。

布布路幾人自然知道黑鷺是刻意說出違心的話,想要保護他們,這麼一來,他們更不願退讓了,雙方一時之間僵持不下。紅帽子饒有興致地觀望着黑鷺和四個預備生的互動,倒也不催促。

過了好一會兒,紅帽子才轉動着眼珠,笑吟吟地說:「這樣

吧，我退讓一步，讓你們共同參與遊戲，如果你們輸了，按黑鷺先生所說，我只從他身上取走東西。」

這下大家都沒意見了，遊戲正式開始！

「下面將隨機產生第一個遊戲項目。」佩達珞話音落下，肚子上的顯示屏快速滾動起來，幾秒鐘後，屏幕定格，出現在屏幕上的文字是「冷表情」。

佩達珞簡明扼要地做出說明：「『冷表情』遊戲的規則為 —— 遊戲的參與方派出一名成員，維持面無表情的狀態，發起者紅帽子有三分鐘時間，不得觸碰參與者的身體，只能用語言來改變參與者的表情，若三分鐘後參與者依然面無表情，參與者獲勝。」

冷表情？布布路不由得看向臉上仿佛結滿了寒霜的帝奇。

察覺到旁邊火熱的目光，帝奇冷漠地說：「比起我，白鷺導師更適合這個遊戲。」

「但白鷺導師現在不在啊！」

「就是，這遊戲捨你其誰！」

餃子和賽琳娜走到帝奇身後，打算把他推出去應戰，沒想到黑鷺動作更快，搶先走上前說：「我來！」

大家頓時傻眼了，露出一副黑鷺導師果然急昏了頭的表情。

「一、二、三，計時開始！」沒等大家從震驚中恢復，佩達珞肚子上的顯示屏已開始了三分鐘倒計時。

紅帽子和黑鷺雙方站定位置後，紅帽子繃緊了臉，一本正

經地說：「有四個預備生在十字基地裏曠課打紙牌，被導師發現了，可導師卻抓走了五個預備生，這是為甚麼？」

「只有四個人，怎麼可能抓走五個呢？為甚麼啊？」布布路疑惑地歪着脖子。

「因為第五個預備生名叫『紙牌』啊！」紅帽子鼻孔一張一翕，誇張地抬高聲調說。

這笑話未免也太冷了吧！餃子不屑地咕噥：「哼，這種程度的冷笑話我一口氣能說上一百個！」

帝奇卻抖着肩膀似乎在憋笑，看來紅帽子的冷笑話很對他的胃口。

更誇張的是布布路，他笑得眼淚都出來了：「紙牌同學到底做錯了甚麼，為甚麼大家要打他？」

「布魯布魯！」四不像拼命地甩着耳朵，拍打着肚子，仿佛在嘲笑他的主人。

「笨蛋！你們這是在給紅帽子助攻嗎？」賽琳娜一邊慶幸沒把帝奇推出去，一邊摀住布布路的耳朵，將他和他的蠢怪物強行拉到角落裏。

不過讓大家意外的是，一向喜怒形於色的黑鷺導師居然冷着臉，沒有任何表情變化……這也太不可思議了吧！

「他好像睡着了！」帝奇抿着嘴說。

布布路三人探頭一看，黑鷺導師呼吸平穩，雙眼目光渙散，像兩口枯井般毫無光彩 —— 原來他睜着眼睛睡着了！

失敗的冷表情

　　看到這一幕，四個預備生從震驚轉為安心。睡着的人甚麼話都聽不到，自然不會有表情，這一局他們贏定了！

　　「很久很久以前……」紅帽子卻露出一絲狡黠的笑容，不緊不慢地開始講起了一個故事，「有一對雙生兄弟，他們從小相依為命，形影不離。弟弟個性魯莽，容易惹是生非，因此哥哥對他一向嚴厲有加，但每當碰上弟弟被人欺負的時候，哥哥總會挺身而出，拼命保護弟弟。後來，兄弟倆都考進了摩爾本十字基地，立志成為優秀的怪物大師！幾年後，兩人果然以最優異的成績畢業，只是他們絕沒想到，優異的成績帶給他們的不僅有榮耀，也伴隨着分離的抉擇。摩爾本十字基地和怪物大師管理協會同時看中了兩人，因此只有一人能留在基地任教，而另一人將前往協會所屬暗部執行特殊任務。哥哥知道，成為怪物大師導師是弟弟一直以來的夢想，便佯裝對留任沒興趣，隻身去了暗部……」

　　紅帽子用憐憫的眼神看着黑鷺，若有所指地說：「哥哥為了弟弟的安全，將自己置身於危險的暗部中……當哥哥執行暗部的考核任務回來時，身受重傷，卻怎麼也不願將發生了甚麼告訴弟弟。後來因為養傷時間過長，哥哥沒有回到暗部，在老院長的調解下和弟弟一起留任基地成了導師。然而，備受哥哥寵愛的弟弟並不知道，這一切並沒有結束……」

紅帽子的語氣變得更為婉轉哀傷，故作神祕地拖長了音調道：「命運並不會隨意改變已經決定好的軌跡，當天真的弟弟以為危險已經遠離時，哥哥卻始終備受困擾，欠下的債始終是要償還的。如今，時間到了！哥哥終於拋下了弟弟，聽從命運的召喚去了他該去的地方……」

　　「嗚嗚嗚，哥哥真偉大……可是，很久以前究竟發生了甚麼事情讓哥哥事到如今還要離開弟弟呢？」布布路哭得稀裏嘩啦，被餃子一把捂住嘴，抽抽搭搭地噤了聲。

「卑鄙！這說的分明是黑鷥和白鷥兩兄弟不為人知的過往，揭人家的傷疤，雖然不知道是真是假，幸好黑鷥導師睡着了……」賽琳娜怒視紅帽子，話到一半，忽然發現不對勁了——

黑鷥導師的眼睛明顯地紅了，緊接着，他的眼角流出了淚水，並且如決堤的洪水般越流越多。

「冷表情維持失敗！」佩達珞高聲宣佈，「第一局遊戲，紅帽子獲勝！」

黑鷥揉着紅腫的眼睛，失神地走回布布路他們身邊，鬱悶地說：「紅帽子不知道使了甚麼鬼把戲，他的聲音直接出現在我的腦海中，怎麼也揮之不去，更重要的是，沒想到他知道我一直耿耿於懷的那件事……」

黑鷥哽咽着說不下去了，雖然他至今也不知道白鷥曾經在暗部遭遇了甚麼，但紅帽子的意思很清楚——白鷥偷走達摩能量核與他們畢業時的往事有關，今天白鷥之所以置身於險境，都是因為過去為了他這個沒用的弟弟做的錯誤選擇。

想到哥哥出事竟然是因為自己，黑鷥更沮喪了，他頹廢地耷拉着腦袋，整個人都仿佛處在了崩潰的邊緣。

四個預備生也大為震驚，沒想到紅帽子說的竟然是真的，白鷥導師竟然曾去過暗部，並且在執行任務時遭遇過意外……

眼下黑鷥導師的狀況肯定是無法再戰了，他們已經輸掉了一局，接下來兩局他們必須全部獲勝，才能贏得遊戲。

餃子和賽琳娜臉上浮現出深深的憂慮，而默不作聲的帝奇敏銳地瞇起了眼睛，他注意到，黑鷲的手指和眼皮上，有一些銀灰色的光在閃動……

泯滅的靈魂碎片

MONSTER MASTER 17

新世界冒險奇談

第四站 STEP.04

打地鼠與抽鬼牌
MONSTER MASTER 17

不同的戰法

　　紅帽子利用一段不為人知的往事讓黑鷺陷入了萎靡。四個預備生來不及做更多思考，佩達珞毫不留情地宣佈遊戲繼續。它肚子上的顯示屏再次滾動、定格……

　　「第二輪遊戲 —— 打地鼠。遊戲規則為，在有限空間內一次放出十隻地鼠，其中有一隻地鼠將接入遊戲參與者的意識。遊戲的目標是，當地鼠開始自由行動時，迅速判斷出接入人類意識的地鼠是哪一隻，並擊中它。雙方輪流為鼠方和打鼠方，

用最短時間打到有對方意識的地鼠的一方獲勝。」

介紹完規則，佩達珞拿出一枚盧克硬幣，用毫無起伏的聲調說：「請雙方選擇正反面，我將以擲盧克硬幣的方式來決定誰先扮演鼠方。」

賽琳娜代替黑鷺導師選擇了正面，紅帽子選了反面。

佩達珞擲出一枚盧克硬幣，在地上滴溜溜地轉動片刻後停住，正面朝上。

與此同時，原本如同夜幕的空間陡然增亮，空間的地形迅速發生變化。地磚高低起伏地錯動起來，露出許多大小不一的窟窿，這些窟窿的底部聯通，錯綜複雜，如同一座迷宮。

十隻地鼠被釋放出來，每隻鼠的大小和品種都不一樣，但通過常識來判斷，個頭大的肉食鼠速度比較慢，但力量比較強，個頭小的草食鼠則速度比較快，但力量比較弱。要贏取這輪遊戲，重點是如何利用地形，將接入意識的地鼠巧妙地混在另外九隻老鼠中，讓對手真假難辨。

經過商討，大家推舉心眼最多的餃子出馬，不參賽的幾人被安置在懸浮的座椅上以便近距離觀戰。

餃子鎮定地將自己選中的地鼠偷偷告訴佩達珞。很快，餃子的意識就被傳遞給一隻地鼠，他的身體則直挺挺地立在原地，呈現出一副靈魂出竅的狀態。

第二輪遊戲正式開始，十隻地鼠嗖嗖地四散開來，轉眼消失在窟窿裏，在地道中迅速穿梭起來。因為地道的線路十分複雜，並非完全暢通，所以地鼠們不時會順着窟窿躥出地面，再

跳進另一個窟窿。

　　紅帽子靜靜地觀望着，有好幾次，地鼠都跳上他的腳背了，他卻一動不動。

　　正當布布路他們疑惑紅帽子是不是睡着了的時候，他突然舉起手中的木槌，砸向一隻剛剛躥出窟窿的紅褐色大老鼠。

　　砰！餃子哇地大叫一聲，意識回到身體裏，整個人像被敲了一悶棍般，鬱悶地跌坐在地。

　　佩達珞高聲宣佈紅帽子的成績：「敲中目標，三分三秒！」

　　布布路和賽琳娜唉聲歎氣，餃子居然這麼容易就被紅帽子認出了！

　　「其實九隻地鼠的行動軌跡是有規律的。」帝奇沉聲說出自己的發現，「它們每按規律奔跑一遍的時間是一分三十秒，紅帽子觀察它們跑了兩遍才摸清規律，然後在它們跑第三遍的時候，第三秒他看出了你的破綻，準確出手了。」

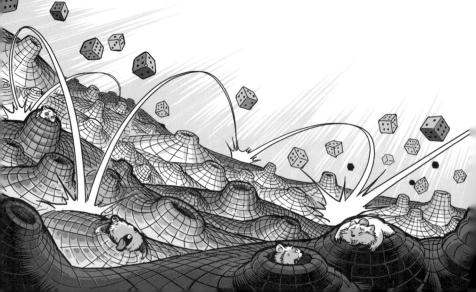

「唉，鼠群開始跑第二遍的時候，我也發現了規律，奈何我置身鼠群中，視力有限，無法將每一隻地鼠的運動軌跡完全看清。還沒等我在第三遍時做出調整，就暴露蹤跡了！」餃子自責地說。

「沒關係，至少我們掌握了這輪遊戲的制勝關鍵！」賽琳娜拍着餃子的肩膀安慰道，「接下去就是以彼之道還施彼身了，當紅帽子的意識接入地鼠後，我們只要能儘快讀出鼠群的奔跑規律，就能快速取勝！」

於是，大家一致推舉眼力超越常人的布布路出馬。布布路認真地聽賽琳娜把「制勝方法」詳細地解說了一遍，露出一副「我全都聽懂了」的表情，自信地上場了。

遊戲開始，只見布布路兩眼一瞪，掄起木槌就躍躍欲試。賽琳娜和餃子激動地在場外喊道：「對對對，就這樣！不不不，先仔細觀察……啊！」

紅帽子發出哇的一聲慘叫，和所有人的驚呼聲交匯在一起，隨後佩達珞高聲宣佈成績：「黑鷺方選手擊中目標，用時三秒！」

所有人目瞪口呆。原來，布布路根本沒看甚麼奔跑規律，他高高掄起木槌，見一隻打一隻，三下五除二，只用三秒鐘時間就把十隻地鼠全砸了一遍，當然也包括接入紅帽子意識的那隻地鼠，如此簡單、粗暴又快捷的制勝方式，連佩達珞都呆住了，因為整片遊戲場地都被布布路砸得一片狼藉……

紅帽子高深莫測地挑挑眉毛，對布布路說：「這位客人，您挺有趣的嘛，我喜歡。」

陷入劣勢的大姐頭

前兩局遊戲，紅帽子和布布路他們各勝一局，所以第三局遊戲將一局定輸贏，遊戲的項目是 —— 抽鬼牌。

佩達珞介紹遊戲規則：「我將出示 101 張紙牌，其中 100 張紙牌花色兩兩相同，剩下的一張為『鬼牌』。開局時，101 張紙牌正面朝上展示 30 秒，隨後正面朝下放置。遊戲雙方各派出一人，輪流翻紙牌，每人每次翻兩張，兩張牌若花色相同，得 2 分；若不同，不得分，兩張牌正面朝下歸於原位。先獲得

50 積分的玩家獲勝；如果有一方玩家翻到了鬼牌，另一方自動獲勝，遊戲提前結束。」

經過商討，布布路他們決定派出記憶力最好的大姐頭出馬。

「要在 30 秒的時間裏記住 101 張牌是不可能的，不過，只要記住鬼牌的位置，就不會提前出局！」賽琳娜飛快地為自己擬定下策略，然後豪爽地出場了。

翻牌順序依舊由佩達珞擲盧克硬幣決定，賽琳娜也選了正面，結果由她先翻牌，開局順利贏得 2 分。

「大姐頭好棒！」布布路激動地跳着拍手，餃子他們卻不動聲色地觀戰。因為他們知道，在遊戲的初期，靠着短時記憶，雙方都能得分，但短時記憶的內容是有限的，隨着翻開的紙牌增多，後期能不能得分才是關鍵。

果然，在雙方各自得了 16 分後，賽琳娜開始頻頻翻開不同花色的紙牌，紅帽子卻每一次都精準地翻到同樣花色的紙牌，有條不紊地繼續得分。沒一會兒工夫，比分就拉開了。在一旁觀戰的布布路他們全都局促不安起來，難道紅帽子有過目不忘的能力？

當比分變成 18 比 32 的時候，大姐頭已經滿頭大汗，不僅翻牌的手微微發起抖來，情緒也越發焦躁起來。

就在大家暗暗為賽琳娜捏一把汗的時候，四不像蹦蹦跳跳地爬到了布布路腦袋上，似乎想找個好位置看熱鬧。

布布路不滿地想要將它推開，誰知四不像的鼻孔張了張，

嘴巴猛地張開，打出一個驚天大噴嚏：「阿……阿嚏 ——」

巨大的氣流裹挾着黏糊糊的口水和鼻涕，一股腦吹向紙牌。察覺到情況不妙，佩達珞和紅帽子像坐上彈簧般靈活地避開，來不及躲避的大姐頭不幸中招，被噴了一身口水。

「四不像！」賽琳娜雙手叉腰，大吼一聲。

大姐頭要發飆了，布布路、餃子和帝奇下意識地捂住耳朵，沒想到大姐頭卻撲哧一聲笑起來。原來場上的紙牌被噴得一塌糊塗，位置全都錯亂了，有些紙牌乾脆被吹得翻起來。

「噢！」餃子幸災樂禍道，「紙牌全亂了，這是不是意味着，這場比賽要作廢並重新開局了呢？」

布布路偷偷朝四不像豎起大拇指，想不到四不像還有救場的意識。

「布魯！」四不像不解地甩甩耳朵，一副催促他們繼續遊戲的表情。

佩達珞重新回到場中心，徵詢兩方意見：「因為紙牌被打亂，遊戲無法繼續，雙方是否同意重新開始遊戲？」

紅帽子聳聳肩膀，無所謂地表示：「我沒意見。」

沒想到，賽琳娜卻一字一頓地說：「我、不、同、意！」

制勝一局

面對着毫無疑問的敗局，大姐頭卻拒絕重新開始遊戲，布布路他們面面相覷，只有帝奇流露出若有所思的表情。

在眾人不解的目光中，賽琳娜不慌不忙地掏出怪物卡，召喚出水精靈。在她的示意下，水精靈朝着紙牌堆噴灑出一層薄薄的水霧，借着明亮的燈光，大家看見許多紙牌上，都閃耀出銀灰色的光斑。

「大家看，這些紙牌背面都被某種粉末做了記號，這種粉末原本是透明的，接觸了水之後才會顯示本來的顏色，幸好四不像噴出口水提醒了我。」賽琳娜指着紅帽子，氣憤地對佩達珞說，「荷官，紅帽子在遊戲中作弊，這一局理應算他輸！」

「作弊可恥，應該算大姐頭贏！」布布路他們在一旁連連附和。

紅帽子含笑不語，等布布路他們想說的都說完了，才輕描淡寫地說：「各位客人有甚麼證據能證明這些記號是我做的呢？也許是他們為了誣賴我而故意讓剛剛那隻紅毛怪物弄出來的把戲呢？」

賽琳娜被問住了，佩達珞做出裁決：「由於一方並不能出示另一方作弊的證據，所以指控不成立。」

「佩達珞，你善惡不辨，還算甚麼公證的代言！」餃子不滿

地抗議道。

這時，一直保持沉默的帝奇終於開口了，他目光如炬地看着佩達珞，問道：「是不是只要我們能拿出確鑿的證據，就能判定我們勝利？」

「當然。」佩達珞肯定地說。

帝奇點點頭，湊到賽琳娜耳邊低語了幾句。賽琳娜再次向水精靈下達指令，讓它飛到高處，朝紅帽子噴灑出強力水柱。

嘩啦啦！

大家相互看看彼此，露出恍然大悟的眼神，只見濕透的紅帽子全身都覆蓋着銀灰色的光點，突然間，銀灰色的光從他身上悠然升起，在空氣中四散開去。

布布路驚呼起來：「噢，那不是光，是無數隻幽冥之蝶！」

「我明白了！」餃子托着下巴，恍然大悟地沉吟道，「我們剛進入這棟建築時，布布路不停地打噴嚏，帝奇也察覺到氣流的異常，都是因為這裏潛伏着大量的幽冥之蝶！」

「第一輪遊戲時，黑鷺導師雙眼泛紅、流淚不止，應該也是幽冥之蝶在作祟！」賽琳娜補充道。

帝奇鄙夷地看着紅帽子，冷冷地說：「幸好我大哥曾跟我提過，紅帽子不喜歡一切和水有關的遊戲，否則，我們糊裏糊塗就輸了遊戲，黑鷺導師也會丟掉身體的一部分。」

「您是說尤古卡先生啊？」紅帽子並不懊惱，反而神清氣爽地大笑起來，因為有幽冥之蝶的保護，他渾身沒有沾到一滴水珠，好整以暇地說，「原來尤古卡先生對曾經的那場遊戲一直

念念不忘啊，嘻嘻。」

尤古卡和紅帽子做了甚麼交易呢？大家的好奇心又被勾了起來。

帝奇厭惡地發出一聲冷哼，無視紅帽子的挑釁。

佩達珞朗聲宣佈：「由於紅帽子作弊，第三局遊戲黑鷺方獲勝，依據三局兩勝的規則，黑鷺方獲得最終的勝利，紅帽子須履行承諾，告知白鷺先生的下落。」

「紅帽子言而有信，既然願賭，自然服輸，而且各位客人都很有趣，我玩得很高興。」紅帽子毫無愧疚感，清了清嗓子湊

到黑鷥身邊說，「白鷥先生去了幽靈島，不過呢，您肯定不知道幽靈島在哪兒，所以我就好人做到底，派一隻幽冥之蝶為您引路。請各位務必小心保護我家的小蝶蝶，它可是非常珍貴的！」

眾人被那聲「小蝶蝶」的肉麻稱呼激起一身雞皮疙瘩。

贏得遊戲的黑鷥終於回過神來，但當他聽到「幽靈島」這個地方時，似乎想起了甚麼，瞳孔驟然收縮，臉色變得更為蒼白了。

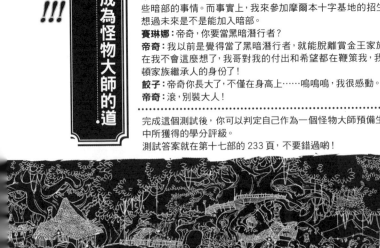

尊敬的讀者：現在你跟隨布布路一起踏上了成為怪物大師的道路！向所有的困難發起挑戰吧！

《MONSTER MASTER》
LOVE DREAMS

任務學分評級測試

你在找到導師之前，遇到了阻礙，這個阻礙很可能會讓你受傷或者失去一些重要的東西，你會怎麼做？

A. 尋找同伴來幫忙 ——（前往第 4 題）

B. 義無反顧地獨自面對阻礙 ——（前往第 5 題）

C. 放棄原來的打算，逃避一切 ——（你的學分評級為 D）

■即時話題■

布布路：當年白鷺導師為甚麼不直接拒絕進入暗部？反而要瞞着黑鷺導師前去參加考核？

帝奇：這和暗部的制度有關係。暗部不會輕易招人，當他們注意到適合的人才後，首先會暗中考查一到三年，之後他們會正式發出考核通知。新人參加暗部的考核就是直接跟着執行一次任務，作為怪物大師新人是不能拒絕的。但是並不是完成任務就能通過考核，暗部更看中的是個人心理素質，耐得住孤獨、甘於無名、絕對忠誠都是一個黑暗潛行者必須擁有的品質。

黑鷺：你倒是知道得比我還清楚。

帝奇：雷頓家族執行任務時，免不了會和暗部打交道，所以我哥會告訴我一些暗部的事情。而事實上，我來參加摩爾本十字基地的招生考試時，曾經設想過未來是不是能加入暗部。

賽琳娜：帝奇，你要當黑暗潛行者？

帝奇：我以前是覺得當了黑暗潛行者，就能脫離賞金王家族的光環，但現在我不會這麼想了，我哥對我的付出和希望都在鞭策我，我不會再逃避雷頓家族繼承人的身份了！

餃子：帝奇你長大了，不僅在身高上……嗚嗚嗚，我很感動。

帝奇：滾，別裝大人！

完成這個測試後，你可以判定自己作為一個怪物大師預備生在本次的任務中所獲得的學分評級。

測試答案就在第十七部的 233 頁，不要錯過喲！

泯滅的靈魂碎片
MONSTER MASTER 17

新世界冒險奇談
第五站 STEP.05

金銀兩老大
MONSTER MASTER 17

幽靈島的夢魘

　　一隻銀灰色的幽冥之蝶在空氣中逐漸顯現出來，它扇動着半透明的翅膀，忽閃忽閃地飛落到布布路鼻尖上。

　　「哇！」布布路看成了對眼，賽琳娜他們也好奇地湊近觀察起這隻傳說中的生物。

　　遊戲結束了，佩達珞腆着大肚子走回煉金術陣中隱去了身影。與此同時，四周的場景也逐漸發生了扭曲……這棟三層小樓隨着煉金術陣一起慢慢地消失了。

　　轉眼間，布布路他們竟然已經置身戶外，之前那些造型古怪的房屋全都不見了，地面上厚厚的積雪也消失了，大伙兒正站在一片荒涼而龜裂的田野上。

　　紅帽子早已不知去向，只有那隻幽冥之蝶在布布路頭頂靜靜盤旋。

　　「這是甚麼地方？」布布路驚奇不已地四處張望，隨即發現之前那幾個昏倒在雪地中的路人幽幽醒轉過來。無法和紅帽子見面，他們只能唏噓着，失望離去。

　　「所以說，」餃子難以置信地驚呼起來，「這裏是蜜雪鄉的入口！」

　　帝奇默不作聲地看着腳下溝壑縱橫的大地，這些裂縫一路延伸，似乎看不到邊界，遍及整個蜜雪鄉。

　　「這些裂縫似乎有規律可循，」賽琳娜輕聲說，「或許它們構成了一個巨大的煉金術陣，整個蜜雪鄉就建於其上。蜜糖味的雪、千奇百怪的房屋、領路的土撥鼠，應該都是由煉金術形成的。也就是說，從我們踏入蜜雪鄉之後，一切就都在紅帽子的掌握之中了。」

　　「噢噢噢！紅帽子真有趣啊！希望還有機會見到他！」布布路神采奕奕地說。

　　「不管怎麼說，我們現在得到最為重要的信息了，趕緊去幽靈島找白鷺導師吧！」帝奇催促道。

　　「對了，黑鷺導師，您聽說過幽靈島嗎？」餃子自恃見多識廣，卻從沒聽說過幽靈島。

　　「嗯，我曾聽我哥提過。」黑鷲語氣沉重地說，「我想，他這次的反常行為恐怕如紅帽子所說，跟十三年前的往事有關。」

　　黑鷲垂着頭，將往事娓娓道來 ——

　　「我和我哥雖然性格相異，卻總是形影不離，我們一起考怪物大師預備生，一起執行任務，一起決定成為怪物大師導師。我認為我們是彼此最熟悉的人，但臨近畢業時，突然發生了一件事。我哥沒和我打一聲招呼，就單獨執行任務去了，我為此鬱悶了很久。後來聽院長說我才知道，原來怪物大師管理協會要在我們之中選一個人去暗部，我哥認為自己更適合，便去了。

　　「我並不怪我哥獨自做了決定，但我第一次察覺到他並不信任我，他甚至都沒想過要和我商量，這種不被認同的感覺讓我下定決心要加倍努力，在下次見面時我要變得更強。然而，讓我意想不到的是，我們會以那樣的方式再會……

　　「不久之後，我哥遍體鱗傷地回到了十字基地，他的意識有些模糊，經歷了很長時間的休養。那段時間，我哥每天夜裏都做噩夢，驚恐地呼喊着『幽靈島』三個字。我問他到底發生了甚麼，他卻緘口不語。我意識到我和我哥之間有了隔閡，那感覺比他離開我、獨自決定去暗部執行任務更讓我難受。後來，我暗中調查和幽靈島有關的事，始終沒有找到任何有價值的線索，只得作罷…… 一年後，我哥恢復了健康，對我的態度也恢復了正常，我們倆仿佛心照不宣一般，不再提起當年的事。

　　「剛剛紅帽子說我哥是為了我才選擇自己去暗部執行任務

的，這讓我如同醍醐灌頂，我哥之所以甚麼都不告訴我，一定是因為不想讓我擔心，才獨自選擇了危險的任務。從小到大，他都是把危險攬在自己身上，雖然他總是一臉冷漠，不善表達，但內心卻無比耿直，是個為人着想的傢伙……我怎麼會忘了呢？而他現在卻去了他如此懼怕的地方，還留下一封那麼長的訣別書……我想，幽靈島上一定曾發生過甚麼，並且和他這次盜走達摩能量核有莫大的關係！」

「這一次我一定要查明真相，將我哥帶回來！」黑鷺眼中淚光閃爍，然而神情卻堅定無比。

「啊，你們看，幽冥之蝶飛遠了！」布布路指着前方，猴急地叫起來。

大家振作起精神，爬上甲殼蟲，跟在幽冥之蝶後面，一路向南飛馳而去……

精 衞填海的傳說

接近正午時分，幽冥之蝶終於在一座巨大的碼頭停了下來。前方是一片蔚藍的無垠海域，甲殼蟲再也無法繼續前進了。

碼頭上到處是高高堆疊的貨物，港口上停泊着鱗次櫛比的商船和漁船，一派熱鬧繁榮的景象。賽琳娜展開地圖對照實地，說明道：「這裏是黃金海岸，位於藍星南半球的最大海域——第五海域沿岸。」

「黃金海岸？」布布路好奇地到處瞧，「這裏有黃金嗎？」

在帝奇嫌棄的目光下，餃子優雅地用紙巾擦去嘴角的嘔吐物，朝布布路擺擺手，賣弄般地說：「其實在很久以前，這裏並不叫黃金海岸，而是一個貧瘠的小漁村，小漁村裏生活着一個天真可愛的女孩，名叫精衞。精衞從小在海邊長大，水性很好，經常一個人在海水中玩耍。可是有一天，她遠遊時，不幸遇到亂流，溺死在大海中。死後精衞化成了小鳥，每天都從岸邊銜來石頭和樹枝，不斷投入大海中，並發出不甘的悲鳴。她痛恨奪走自己生命的大海，想要用自己的小小力量，去填平這殘暴無情的海洋。千萬年過去了，小精衞真的填平了沿海的一片狹長海域，精衞故鄉的小漁村因此得以擴展，形成了廣闊的海岸線，最終成為琉方大陸上漁業最昌盛的地方 —— 黃金海岸。」

「哇，這片海岸是精衞鳥用小石頭和樹枝填出來的？」布布路感動地說，「精衞真了不起！」

這種荒誕不經的故事，一聽就是人云亦云的傳說，但「精衞填海」的故事還是很勵志的，所以賽琳娜和帝奇沒有戳穿餃子。

黑鷺的心思則完全沒在布布路他們身上，幽冥之蝶在一艘艘船隻上飛舞、盤旋。

「幽冥之蝶是在提醒我們雇一艘船繼續前進嗎？」黑鷺揣測着，攔住一個船夫，「大爺，您能帶我們出海嗎？」

船夫放下煙袋，熱情地笑道：「你們算是找對人了，小老兒對這片海域可是熟悉得很，掌舵也是一把好手，各位想去哪兒

玩啊？」

　　布布路不假思索地搶答：「我們要去幽靈島！」

　　「老兒我……沒……沒聽說過那個地方，你們去找別人吧！」船夫頓時驚慌地連連擺手，邊說邊落荒而逃。

　　黑鷲只好去找其他船家，可對方只要一聽到「幽靈島」三個字，就統統好像看到洪水猛獸一般，一臉忌諱地逃開了。

　　這事絕對有古怪！

就在這時，前方出現了一撥人，這些人聲勢浩大，幾乎把狹長的碼頭全堵住了。與此同時，另一撥人來勢洶洶地從後方走過來。兩撥人前後夾擊，把布布路一行堵在了碼頭上。

通往另一個世界的入口

形勢劍拔弩張，這兩撥人一看就是來者不善！

前面那撥人胸前都戴着金色的魚骨徽章，為首的是一個留

着金色鬍鬚的精瘦矮小漢子；另一撥人胸前則戴着銀色的魚骨徽章，為首的是一個蓄着銀色鬍鬚的高胖漢子。雙方兇神惡煞地彼此瞪着，儼然把布布路他們當成了空氣。

「嘿，金老大，這些搗亂的外地人，我來處理就可以了，不用你來多管閒事。」銀鬍鬚率先開口了，那粗啞的大嗓門震得布布路他們的耳朵發痛。

「那可不行，凡是發生在黃金海岸上的事，我都責無旁貸。」金鬍鬚個頭雖小氣場卻很強，他揚着下巴傲慢地回應道，「我說銀老大，你還是專心去打魚吧，聽說你上一批漁船連隻蝦米都沒有打到？」

「你 ——」銀老大氣得鬍鬚倒豎，不過在手下的勸慰下，他很快就調整了情緒，嘲諷地笑了笑，「那就讓我見識見識金老大你所謂的責無旁貸吧！」

布布路他們面面相覷，這兩撥人似乎是奔着他們來的，不過，這金老大和銀老大一見面就針鋒相對，顯然有很深的矛盾。

金老大用鼻子朝銀老大哼了一聲，將矛頭轉向布布路他們，厲聲說：「聽說你們要去幽靈島？不許去！」

「為甚麼？」布布路不明所以地問。

「幽靈島位於第五海域西南角，靠近公海，古往今來，凡是靠近的船隻全都有去無回，那是一片恐怖的禁忌之地！」金老大聲色俱厲地說，「據說，幽靈島連通着另一個世界，那裏日夜迴盪着令人膽戰心驚的哀號聲，靠近島嶼的人，無一例外會變成另一個世界的亡靈……」

面對金老大近乎恐嚇的描述，帝奇不以為意地評價道：「危言聳聽。」

布布路三人也露出淡然的表情，之前他們還去過死亡鹽水帶呢，那裏看起來可比這裏可怕多了！

「您好！」黑鷺揚手阻止學生們的無禮，亮出身份和決心，「我是摩爾本十字基地的導師，也是一個擁有認證資格十年以上的怪物大師，我想幽靈島一定如您所說是個神祕恐怖的地方，但解決重大神祕事件，不正是我們這些怪物大師的職責嗎？」

金老大略有所思地打量了黑鷺一番，隨即粗魯地喝道：「誰管你是不是怪物大師，我是本地漁業協會的會長，黃金海岸是我的地盤，我說不許去就是不許去！」

「不許去，不許去，不許去……」

金老大身後的健壯漁民們揮着魚叉紛紛附和。

黑鷺的臉色一沉，手套上伸出幾道泛着寒光的利刃，準備硬闖。

餃子趕緊拖着布布路一起架住黑鷺，笑瞇瞇地對金老大說：「好好好，您的告誡我們都聽進去了，我們不去幽靈島了！您放心，我們不會為了滿足一時的好奇心而斷送性命的。」

餃子邊說邊對大家偷偷擠眼睛，表示自己另有辦法，布布路他們會意地紛紛點頭表態。

「這還差不多！我警告你們，這一帶海域可都是我的人馬，可別想耍甚麼小聰明！」金老大吹吹鬍子，朝漁夫們揮揮手，

「走!」

金老大的人馬一走,銀老大那群人也立刻散了。狹窄的碼頭上只剩下布布路一行人。

布布路着急地問:「餃子,我們怎麼辦?」

「嘿嘿,你們看,」餃子指指碼頭上密密麻麻的船隻,狡黠地說,「與其跟那些船老大浪費唇舌,我們不如直接『借』一條嘛!」

「甚麼『借』?」帝奇翻着白眼說,「明明是偷。」

「怎麼是偷呢?帝奇,你會付錢的對不對?」餃子嬉皮笑臉地對吊車尾小隊中的「財主大人」說。

賽琳娜和布布路擔心地看着黑鷺,身為摩爾本十字基地的導師,他應該不會同意這麼做吧?

沒想到,黑鷺直接從兜裏掏出一張支票,塞到餃子手裏,催促道:「還不趕緊去『借』船?」

泯滅的靈魂碎片

MONSTER MASTER 17

新世界冒險奇談

第六站 STEP.06

大海的異響

MONSTER MASTER 17

意外出現的同行者

　　帝奇發揮賞金獵人的偵察能力，迅速在碼頭探了一個來回。在他的帶領下，大伙兒來到一座無人看守的船塢，黑鷺親自挑選了一艘最大的帆船。

　　正當眾人準備留下支票登船的時候，一道巨大的陰影籠罩下來，仿佛要將他們吞沒。大家回頭一看，一隊全副武裝的漁民從他們身後鑽了出來，他們胸前都別着銀色的魚骨徽章，為首的正是銀老大！

銀老大洋洋得意地對布布路他們說：「我就知道你們沒那麼容易被金老大嚇退，所以特意讓手下撤掉這座船塢的看守，你們果然偷偷溜進來了！哼，想偷我的船？沒那麼容易！」

布布路他們鬱悶地看看彼此，原來他們掉進了銀老大的圈套。

黑鷲氣惱地說：「你想怎麼樣？」

「我想怎麼樣？哼，我就是不甘心凡事都聽金老大的擺佈！」銀老大喋喋不休地抱怨起來，「原本，我和那傢伙是從小一起長大的好兄弟，因為我們倆的打魚技術好，配合得又默契，所以我們的漁船總是能打回很多魚。可十多年前，那傢伙

突然莫名其妙地性情大變，變得孤僻又暴躁。就在那個時期，黃金海岸的漁業開始發展壯大起來，漁民們決定創辦漁業協會，統一管理港口的事務，我和那傢伙都成為會長候選人。那傢伙為了當上會長耍了不少陰招，我們倆也因此徹底鬧翻。這些年，他仗着會長的身份，一直壓制我。所以，只要是他不同意的事，我都有興趣去做，就為了爭一口氣！」

　　銀老大倒是不見外，有的沒的嘮叨了一大堆，餃子好不容易才抓住了重點，試探地問道：「那麼，您的意思是願意借船給我們去幽靈島？」

　　「當然，而且我還要跟你們一起去！」銀老大絮絮叨叨地繼

續道，「大家都知道第五海域物產豐富，卻很少有人知道，第五海域裏資源最豐富的地方正是傳聞中幽靈島所在的西南角！這些年來，我處處被那傢伙掣肘，最重要的原因就是他把資源豐富的海域都佔為己有了，所以我一直想去開拓西南角。我想那島上一定有甚麼寶貝，要不然金老大也不會這麼上心！可惜那個地方太危險了，我嘗試着帶人去了幾次，每次船隊還沒開進西南角海域，就遭遇可怕的事，不是被古怪的海洋生物把漁船拖下水，就是遇到恐怖的漩渦，將漁船撕扯得粉碎。總之，為了探索第五海域西南角，這些年我數次死裏逃生，損失慘重啊……」

銀老大的一大段話，讓賽琳娜更費解了：「既然那裏那麼危險，你為甚麼還要跟我們一起去？」

「因為你們是從摩爾本十字基地來的啊！」銀老大振振有詞地說，「你們一出現在碼頭上，我就有了一種『天助我也』的感覺。如果有怪物大師幫助，我的船隊必定如虎添翼，佔領西南角的夢想就能實現了！」

「噢，搞了半天，不是你跟我們一起去，而是我們跟你一起去啊。」餃子恍然大悟地說。

帝奇不屑地哼了一聲，他才不想給別人當跟班呢。

可眼下管不了這麼多，黑鷺當即點頭答應，並催促銀老大說：「別囉唆了，我們趕緊出發吧！」

「等等！」銀老大一把拽住黑鷺，意味深長地說，「出發之前，你們必須得告訴我實情，你們為甚麼要去幽靈島？連我這

種土生土長的漁民都不知道幽靈島的具體位置，你們如何能找到它？」

銀老大龐大的身軀擋在大家面前，兩隻腳像長了釘子，牢牢釘在地上，擺出一副「如果不老實交代，誰都別想動一步」的架勢。

「我叫黑鷺，事實上我哥白鷺去了幽靈島，我們是去尋人的。至於幽靈島的位置，我和我哥是雙胞胎，有心靈感應，所以我們能找到他的位置。」黑鷺一臉誠懇地胡謅道，「只要你借船給我們，路上的危險由我們來應付，經濟收入全部歸你，如何？」

銀老大對黑鷺的承諾很滿意，豪邁地招呼大家上船，並命令手下的船員揚起風帆，全速起航。

目 不量力的六爪鳥

廣闊無垠的第五海域上，一艘大船正破開水面全速航行，船頭的桅杆上掛着一面旗幟，旗上畫着兩撇銀鬍子，還有三個大字——「威武號」。

布布路站在船頭，全神貫注地盯着在前面引路的幽冥之蝶，大聲指引航向：「往右轉，對，再往左轉！」

黑鷺嫌船開得太慢，站在掌舵的水手邊監督着，將船開到最大動力；賽琳娜趴在欄杆上，感受着海風的吹拂，幻想着會有海神王子從天而降；帝奇老僧入定般在甲板上打坐。

「布魯布魯！」

「哇，有隻怪物在偷魚，抓住它！」

船舶後廚裏傳出一陣騷動，四不像抱着一條大魚，一邊享用「生魚片」，一邊躥上甲板狂奔，廚師和船員們大呼小叫地在後面追。

餃子站在船尾面朝大海，一手撐着桅杆，一手扶住額頭，一副追風少年的帥氣造型，但追風少年不應該站在船頭嗎？怎麼跑到船尾來了？

事實上，餃子正在嚴重暈船中，真是航行不停，嘔吐不止，他只覺得天旋地轉，五臟六腑都要吐空了……

餃子虛弱地撐着眼皮，總覺得頭頂上似乎有個黑影忽隱忽現，難道是產生幻覺了？

啪嗒一聲，一團溫熱的異物從天而降，不偏不倚落到餃子肩膀上。當那股惡臭瞬間鑽進餃子的鼻腔時，他才陡然意識到頭頂的黑影是真實存在的。

　　那是一隻長着六隻爪子的奇怪小鳥,小鳥來來回回地飛翔在海面上。每次來的時候都會銜着一根樹枝,或是一塊小石頭,回去時嘴裏的東西卻沒有了。

　　「我的天,居然真有這麼一隻鳥在填海,」餃子頓時清醒了,「這也太自不量力了,難道它不知道海洋有多大嗎?」

　　「你也發現這隻鳥了?」銀老大神祕兮兮地走過來搭訕,「我每次往這個方向航行,都會發現這隻怪鳥,有時候它還繞着我們的船發出幾聲悽慘的叫聲。」

　　「哇,餃子,那是精衞鳥嗎?」布布路興奮地朝餃子大叫,「原來她還活着,而且果真在填海哪,好感人哦!精衞你好 —— 我是布布路 ——」

　　小鳥像能聽懂人話一般飛到布布路頭頂轉了一圈,似乎挺

喜歡他。

賽琳娜和帝奇也抬起頭來新奇地打量着小鳥。

大家正興致勃勃地圍觀精衞鳥，甲板上的黑鷺突然面色大變，緊張地低呼道：「不好！追兵來了！」

「追兵？」銀老大以為是金老大派人追了過來，趕緊舉起望遠鏡，一看之下，他不禁怪叫起來，「我的天哪！有人……有人在海面上行走！」

海上的不速之客

甚麼？竟然有人在海面上行走？！「威武號」上一陣騷動，在海上作業多年的他們可從未見過這等怪事。

眼力超人的布布路手搭涼棚眺望道：「那個人是多可薩！」

「他追上來了？」餃子猛地打了個寒顫，這位怪物大師精英可不好對付。

「噢，你們看！多可薩的雙腳並沒有接觸海面，他並不是在海面上行走，而是懸浮在海面上的！他是怎麼做到的呀？」布布路瞪大眼睛，驚呼道。

舉着望遠鏡的銀老大和船員們嘴巴全都張成了巨大的 O 形，看向布布路的眼神已經不是驚訝，而是恐懼了，背棺材的小子的視力也太好了吧，比望遠鏡還強！

「布布路，你難道忘了多可薩的怪物是第五元素系的幻影魁偶嗎？」賽琳娜一如既往地做起了科普，「幻影魁偶的能力

『斗轉星移』可以通過氣流的反彈，將受到的進攻返回敵人身上，所以他現在應該是利用海浪掀起的巨大波濤，將力量又反作用在海浪上，形成的氣流反彈支撐着他在海浪間前行。」

「他怎麼會在這裏？難道他已經查到了白鷺導師的下落？」帝奇提出疑問。

「白鷺的下落應該只有紅帽子才知道，多可薩身邊並沒有幽冥之蝶的蹤影，所以他多半是尾隨在我們身後，追過來的！」黑鷺目光銳利地看着逐漸靠近的多可薩，當機立斷地說，「必須甩掉他！」

銀老大在旁邊聽得一頭霧水，抓住機會插話道：「這個叫多可薩的人也是怪物大師吧？你們為甚麼怕他追上來？」

「銀老大，有些事不知道的話會對你自己更有利哦！」賽琳娜故弄玄虛地說。

「呵呵，我也不想管你們這些怪物大師曲曲折折的恩怨情仇，只要別影響我這次出海的收穫就行了！」銀老大立刻強調了一遍他的立場。

「知道，知道，我們之前就說好了的，不會變的。」黑鷺口中連聲應着，心裏卻焦慮起來，海面一覽無遺，毫無遮擋，距離又這麼近，究竟要如何甩掉多可薩呢？

「『威武號』上配有很多小型機動漁船……」餃子目光四下巡弋，提議道，「我們其實可以利用這些小漁船來分散多可薩的注意力……」

「就這麼辦！」餃子的主意得到大家的一致認可。

銀老大一聲令下，水手們將十多艘小船放到了海面上，兵分多路地駛向不同的方向，只有「威武號」仍然沿着之前的航線，平穩地向前航行着。

疾速靠近的多可薩看到這一幕果然被迷惑了，他遲疑地停住腳步，似乎是在思考該追哪艘船。片刻之後，多可薩再次疾步行走起來，他的追蹤目標沒有改變，依然是「威武號」。

　　在多可薩身後，一艘慢悠悠駛遠的小漁船上，黑鷺、銀老大和布布路四人長長鬆了一口氣，銀老大敬佩地對餃子豎起大拇指：「這位少年真是料事如神，那個多可薩果然把小船都當成障眼法了，自作聰明地去追大船了！」

　　餃子一臉得意，不久前和「女騙子」芬妮相處了幾天，學會了許多新招數，其中就包括對付多可薩這種聰明而有經驗的人的心理戰術。

　　甩掉多可薩後，布布路一行六人划着小船，跟隨着幽冥之蝶，抓緊時間向幽靈島進發，「威武號」和其他小漁船將按照約定，繞第五海域西南角的外海航行一圈後返回和布布路他們分開的地方，原地接應。

這是成為怪物大師的必經之路！！！

尊敬的讀者：現在你跟隨布布路一起踏上了成為怪物大師的道路！向所有的困難發起挑戰吧！

任務學分評級測試

Q.03 很不幸，你因知情不報也被通緝了，你準備怎麼辦？

A. 不以為意，按原定計劃繼續尋找導師 ——（前往第 4 題）

B. 折返回去自我辯白 ——（前往第 5 題）

C. 逃離這場紛爭 ——（你的學分評級為 D）

■即時話題■

布布路：餃子，你一直在偷偷笑個不停，是想到甚麼好笑的事情了嗎？

餃子：嘿嘿，你看，是黑鷺導師的支票哦！他讓我付租船的費用，不過我們坐銀老大的船是免費的……

賽琳娜：所以，你是打算獨吞了？

帝奇：無恥！

餃子：唉，不是啦，見者有份總行了吧，誰叫我們都是同伴。

布布路：這樣不太好吧，黑鷺導師也是拿死工資的，還是個月光族，這支票也許是他難得的積蓄。

賽琳娜：你們仔細看，戶口是白鷺導師。

餃子：這樣啊，那還是還給黑鷺導師吧，我怕白鷺導師以為我們欺負他弟，到時就慘了！

帝奇：是你而已！

完成這個測試後，你可以判定自己作為一個怪物大師預備生在本次的任務中所獲得的學分評級。

測試答案就在第十七部的 233 頁，不要錯過啲！

新世界冒險奇談

第七站 STEP.07

不可思議的島嶼
MONSTER MASTER 17

凶險的巨浪

　　小漁船在幽冥之蝶的帶領下，晃晃悠悠地駛入第五海域的西南角。蔚藍色的海水下，游弋着千奇百怪的巨大海洋生物，果然是一片蘊含無盡寶藏的豐饒海域。

　　不過布布路他們根本無暇細看，此處的風浪極大，海水中翻湧着許多暗流和漩渦，即便銀老大有着豐富的駕船經驗，小船還是被沖擊得搖搖晃晃，起伏不定。

　　眾人只得規規矩矩地坐在船內，雙手握緊欄杆，生怕被甩

入海裏。最辛苦的莫過於餃子，只見他口吐穢物、趴在船內四肢抽搐不停，如此狼狽的模樣要是讓青嵐大陸上的諸多崇拜者見到了，不知會做何感想。

「哇，不好了！」這時，船頭的布布路驚呼起來，「幽冥之蝶不見了！」

「到幽靈島了？」黑鷺連忙四下張望，四周只有茫茫的海

水，完全看不到陸地和島嶼的蹤影。

「我怎麼覺得海水和之前不太一樣了！」賽琳娜納悶地皺起眉頭。

「這附近的海水顏色都變深了！」黑鷺眼中閃過一絲憂慮之色。

這情形就像天空中滴下一滴巨大的藍黑色墨汁，將一大片海水染得暗沉發黑，而顏色變深的海域面積還在不斷擴大……

「布魯布魯！」四不像忽然急促地叫喚起來，像察覺到了甚麼，一溜煙鑽進了棺材。

與此同時，銀老大一屁股跌坐在地，指着前方，咿咿呀呀，半天發不出聲音。

毫無徵兆地，一陣灼熱的颶風夾雜着如利刃般的水沫呼嘯而來，海平面猛地升高了，海水像脫離了引力的束縛般拔地而起，眨眼間竟然升高了百米，在海面上拉起了一幅巨型幕簾。

天地劇烈搖晃，仿佛想要顛倒過來，小漁船如同一片無力的細小樹葉般輕飄飄地騰空而起。布布路他們撞作一團，就像幾只在風浪中掙扎的可憐小螞蟻一般岌岌可危。小漁船一旦落下，就將立刻被洶湧的巨浪吞沒……

千鈞一髮之際，騰空的漁船底部突然發出咔啦啦的一陣聲響，船身像被甚麼異物卡住一般，船居然在百米巨浪中擱淺了。

隆隆的巨響從海底深處直衝海面，似乎有甚麼龐然大物正扶搖直上，朝他們迅速逼近……

「不會這麼倒霉吧？」銀老大臉色煞白，牙齒打顫地說，「要是遇到那種能一口氣吞掉大船的海怪，咱們就完了！」

餃子再顧不得難受，直起身來，結結巴巴地問：「這……這……這甚麼情況？難道我們不小心落在了海怪頭頂上？」

「你們瞧仔細了，不是海怪！」帝奇冷聲道。

驚濤駭浪中卡住船體的「海怪」赫然露出了一角，竟然是一塊巨大的礁石。

餃子的腦中一陣電光石火，驚異地大喊道：「這個要升起來的巨大東西，該不會就是幽靈島吧？」

「有可能，」黑鷺難掩激動地說，「剛剛幽冥之蝶的消失很可能就代表此處是目的地。」

「怪不得人們說幽靈島神出鬼沒，原來它是從海底升起的……」賽琳娜驚歎道。

擱淺不動的小漁船突然劇烈顛簸起來，船體發出咔嚓咔嚓的碎裂聲，海面變得更為漆黑，海水下的轟隆聲也更猛烈

了。銀老大聲嘶力竭地大喊道:「快跳船,船要裂了!」

布布路他們來不及多想,一個個縱身跳下船,在他們身後,小漁船被湍急的漩渦水流撕扯成了碎片。而不管他們怎麼奮力划動四肢,依然無法抵抗那股滔天巨浪帶來的摧枯拉朽之力,沒一會兒的工夫,六個人全都被翻湧的海水吞噬,失去了知覺……

登陸,煥發生機的神祕島

布布路猛吸一口氣,睜開眼,恢復了意識。

布布路用力揉着被鹹澀的海水嗆得生疼的鼻子,從地上爬了起來,瞪圓眼睛驚奇地環顧四周 —— 他正置身於一座寸草不生的巨大的海島上,空氣中充斥着腥鹹的海水氣味,海浪一波波地拍打着腳下黝黑的礁石。

布布路慌張地搜尋着同伴們的身影,放聲大喊:「大姐頭,餃子,帝奇,黑鷺導師,銀老大,你們在哪兒 ——」

然而,沒人回應。

「布魯,布魯布魯!」倒是掉落在他身旁的棺材一陣搖晃,四不像怪叫着衝了出來。

一人一怪大眼瞪小眼,不見了同伴,一時之間都不知如何是好。

突然,四周傳來一陣細碎的響動,布布路腳旁光禿禿的礁石縫隙中倏地鼓起一團紅色的小花苞。接觸到空氣後,小小的

花苞快速變大，並在一聲輕微的爆破聲中，赫然綻放開來，以肉眼可見的速度開出一朵紅色的花。

緊接着，整座島嶼仿佛沸騰了起來！

礁石上、岩縫裏、泥土中，紛紛冒出綠色的根莖和五彩繽紛的花朵。所有的植物迅速生長、綻放、開花、結果，仿佛有人調快了時間的腳步，讓人在幾秒鐘內看完了植物的生長過程。

「哇，太神奇了！」布布路和四不像全都看直了眼。

原本寸草不生的島嶼竟瞬間煥發出勃勃生機，到處都佈滿了鮮花、綠草、高大的樹木和渾圓的果實。並且這些植物還在長大，就像童話中的魔豆一樣直衝天際。

很快，這些鬱鬱蔥蔥的植被將頭頂原本空曠的天空切割得支離破碎，視野頃刻間變得更狹小了。雖然布布路堅信黑鷺導師和餃子他們一定不會有事，可是該去哪兒找他們呢？布布路茫然地看向四不像。

「布魯！」四不像嫌煩地衝布布路揮了揮爪子，一副「愚蠢的人類，我怎麼可能知道」的表情。

布布路徹底無助了，漫無目的地原地轉着圈圈，不知不覺間他的四周已經形成了一片密不透風的叢林。一旦鑽入叢林，恐怕更加難以辨別方向。

「嗚嚕嚕嗚嚕嚕……」

布布路正大傷腦筋，一種古怪的嗚咽聲自叢林深處傳來，布布路和四不像同時豎起耳朵。

突然，布布路的臉色大變，想起甚麼似的驚叫起來：「哇噢噢噢噢，這該不會是來自另一個世界的哀號聲吧？」

布布路想起了之前金老大說過的傳聞，難道那並不是無稽之談？

沒錯，倘若不是另一個世界，整座島嶼怎麼會從海底升起來，還能瞬間變得生機勃勃呢？

隱藏的攻擊者

不知道另一個世界是甚麼樣子呢？布布路一下子興奮起來：「四不像，我們快去找另一個世界的居民問路吧！」

「布魯！」四不像怪叫着應和。這一人一怪物絲毫沒有危機意識，大大咧咧地朝着聲源方向跑去。

穿過數棵枝葉茂盛的巨樹後，布布路赫然發現那發出嗚咽聲的竟然是一隻長有六爪的小鳥。它一見到布布路，便拍打翅膀，盤旋着落到了布布路的頭頂上。

「嗚嚕嚕嗚嚕嚕！」小鳥翕動着嫩黃的喙，仿佛想說些甚麼，但布布路一句都聽不懂。

「你不是那隻把糞便拉在餃子肩上的精衞鳥嗎？」布布路回想起餃子當時的窘態忍不住笑了出來，「沒想到你的叫聲這麼奇特啊！害我誤會你是幽靈呢。」

「嗚嚕嚕！」精衞鳥用力啄了一下布布路的腦門兒，打斷了他的話，似乎十分着急。

「小精衞，你想告訴我們甚麼？」布布路不明所以地撓着頭。

「嗚嚕嚕！」精衞鳥煩躁地朝一個方向拍着翅膀。

「難道那邊有甚麼東西？」布布路剛想過去看看，腳下猛地一沉，他失去重心撲倒在地，正面和大地來了個親密接觸。

沒等他回過神來，一根根黏糊糊的物體蠕動着纏住了他……

那東西看起來像是隨着島浮上來的海葵觸鬚，可是，不知為何卻隱隱帶着一股戾氣。

布布路納悶地蹬腿掙扎，可礁石下伸出了更多的觸鬚。這些觸鬚如原木般粗壯，柔韌而有力，呈現出駭人的血紅色，那血紅色一閃一閃，仿佛流動的血液。

更麻煩的是，這些觸鬚的表面還覆有極其細小的倒刺，將布布路的衣服全都「粘」了起來。

巨型海葵張牙舞爪地將布布路越纏越緊。布布路動彈不得，呼吸也變得越發困難，一張臉憋得由紅變紫，胃部翻江倒海般地難受起來。如果不能快點擺脫這種情況，也許會這麼莫名其妙地就喪命！

「小子，我來幫你！」布布路身後傳來一聲大喝，銀老大衝了過來，高高舉起手中的魚叉準備營救……

然而，銀老大的魚叉還沒靠近就被一股勁風吹彈開來，隨着數股強大四散的氣流，海葵的觸鬚竟然紛紛碎裂飛散。原來幾乎就在銀老大手持魚叉刺向觸鬚的同時，布布路深吸了一口氣，將全身肌肉繃緊，原本緊緊纏繞着布布路的那些觸鬚，瞬

間被一股巨大的力量衝得稀巴爛。

　　銀老大好不容易才站穩了腳跟，目瞪口呆地看着這個背棺材的小子若無其事地一躍而起，還笑嘻嘻地反過來問候他：「哇，銀老大，見到你太好了，你還好嗎？」

　　銀老大看看地上已經被徹底繃斷卻還在蠕動的粗壯觸鬚，內心深處對所謂的怪物大師預備生的戰鬥力有了新的認識──

　　居然有人能在被五花大綁的時候，靠着蠻力強行脫身，這人得有多大的力氣啊！

新世界冒險奇談

第八站 STEP.08

別有洞天

MONSTER MASTER 17

熟悉的雷光球

　　但危機並沒有就此解除，兩人身邊，越來越多海葵揮舞的觸鬚如岩漿般地從岩石下噴湧而出！

　　布布路緊握着纏繞着金盾棺材的鎖鏈飛身躍起，借着飛衝向前的慣性，將金盾棺材用力擲出，藍星上最為堅硬的物質加上布布路驚人的霸道力量，金盾棺材就如同一顆流星砸落在觸鬚之中。

　　轟！巨大的能量在一瞬間被釋放，一聲悶響中，整個地面

都輕微地顫動起來，斷裂的殘鬚和血紅的黏液應聲飛濺。

銀老大略顯尷尬地原地呆立着，他發現自己手裏的魚叉根本就沒有用武之地，自己只能站在布布路背後為他大聲加油助威。

布布路將金盾棺材掄得像流星錘一般，呼呼作響，但凡接觸到金盾棺材的觸鬚瞬間就被巨大的衝擊力砸成了一攤血水。

布布路越戰越勇，海葵仿佛發現奈何不了布布路似的，揮舞觸鬚掉頭襲向銀老大、四不像和精衛鳥。

「四不像，布魯布魯！」布布路想要四不像去幫助銀老大和精衛鳥，情急之下竟然胡亂說起了四不像的語言。

「布魯——」四不像齜着牙，從喉嚨裏發出惱怒的悶哼，似乎在嫌棄布布路，覺得他說得不夠標準。它狂躁地從朝它圍攻過來的觸鬚中跳了出來，仰頭張大嘴巴，上下頜一開一合，口中隱約閃爍起紫紅色的雷光……

刺刺刺……

布布路的身體對四不像即將造成的「大災難」早已形成了肌肉記憶，當他的頭髮甚至手臂上的汗毛感覺到空氣中醞釀着的那一絲絲不易察覺的雷光電荷即將抵達時，他立刻本能般地跳開數米。

下一秒，數顆大小不一的紫紅色雷光球轟然落下，眨眼就將所有帶有攻擊性的海葵劈得焦黑，一股燒烤般的煙熏味彌漫開來……

銀老大嘴角抽搐，嚇得腿都軟了。精衛鳥則不滿地拍打着

險些被燒焦的翅膀，仿佛在嫌棄四不像的攻擊不分輕重，差點兒害它變成「烤小鳥」。

經過四不像的雷光球洗禮，以布布路他們為中心的一大塊地面全都變得焦黑一片，血紅的觸鬚黏液噴灑在光禿禿的礁石上，畫面如事故現場一般慘烈。

布布路舒了口氣，忽然發現了一塊不同尋常的地方 ——

跟凹凸不平的礁石不同，那是一塊異常平整的山壁，原本隱藏在一排巨樹之後，現在巨樹都倒了，山壁從血紅黏液和綠色苔蘚中露了出來。值得注意的是，山壁上的幾處縫隙裏隱約流光溢彩，仿佛昭示着裏面別有洞天。

三 門之後

「嗚嚕嚕！」看到山壁，精衞鳥欣喜地叫喚起來。

布布路這才意識到，精衞鳥之前大聲叫喚，是因為它想告訴別人這裏有甚麼，而那些巨大的海葵也許是守護着這裏不讓外人靠近。

這塊山壁究竟隱藏着甚麼祕密呢？布布路用樹枝粗略地抹去山壁上的黏液，再扒掉苔蘚，一扇巨大的石門赫然顯現出來。石門上刻滿巨大的符號，線條遒勁有力，似乎是某種古老的象形文字。

「這些奇怪的文字到底是甚麼意思？這是不是意味着這石門後面藏着甚麼寶藏啊？」銀老大頓時從害怕轉為驚喜，充滿

期待地看向布布路。

「嗯……」布布路的雙眼仿佛被吸住了，那字跡讓他移不開目光，其中似乎蘊含着一股極其強烈的意志力，看久了會令人深陷其中，「這文字的內容一定很重要！唉，可惜我看不懂，如果大姐頭在就好了！」

布布路懷念起同伴們，不過他很快振作起精神，樂觀地對銀老大說：「與其在這兒煩惱，我們不如進去一探究竟吧，說不定我能率先找到白鷺導師的線索呢！」

進去？銀老大狐疑地看了看這巨大的石門，心想：沒有幾十個像我一般高大的壯漢，應該推不動吧？

銀老大正想嘲笑布布路的輕鬆與狂妄，沒想到，布布路腹部吸氣，雙手用力一推，笨重的石門竟然咔啦啦地開了。

銀老大瞠目結舌，充分認識到了怪物大師預備生和普通人的差距。

　　「噢噢噢！」被門內景象震驚的布布路和銀老大沒注意到，剛剛被四不像轟得焦黑的土地上，幾段碎裂的紅色觸鬚重新

蠕動着鑽入了礁石中。

布布路敢肯定，在他的記憶中，自己還從沒見過這麼奇怪的地方。

石門後是一座異常恢宏的殿堂，各種光彩奪目的光石鑲嵌在殿堂中央屹立着的一根怪異的錐狀柱子上，柱身圍着一圈打磨得方正平滑的巨型晶石，猶如一面面鏡子，反射出一條條流光溢彩的光帶，將巨大的空間切割成無數塊，隱透出一種超越時間和空間的奇妙氣息。

布布路和銀老大又往前走了兩步，他們腳下地面上像一幅抽象的拼圖般佈滿形狀各異的石頭凸起，這些凸起深淺不一，透顯着久經歲月洗禮的暗啞光澤，仔細一看，像是蘊藏着某種規律。

布布路好奇地走上前去，咔嗒一聲，他踩到了一塊凸起的石塊。

唰！柱子下方的一塊巨型晶石如同屏幕一般亮了，布布路嚇了一跳，緊張地退開一步，又是咔嗒一聲，石塊復位，晶石熄滅。

「喂！小心！」銀老大趕緊攔住布布路，提醒道，「我們還不知道這是甚麼地方，最好不要亂碰這裏的東西，萬一觸發了甚麼危險的機關怎麼辦？」

「哦！」布布路乖乖收回腳。

但沒有用，布布路雖然不動了，可他身後的四不像正兩眼發亮、興致勃勃地在這些凸起的石頭上跳來跳去，每踩下一

塊，石縫中就迸發出道道綠色的熒光。

唰！唰！唰！唰！

石柱周圍那些如鏡面般的巨型晶石一塊又一塊地接連亮了起來，並且上面隱隱浮現出一些模糊的影子。

「嘰嘰呱呱⋯⋯」影子們發出一種頻率極高，如錄音帶快進般的聲音，似乎在說甚麼。

是人影嗎？布布路瞇了瞇眼睛，想要看清晶石上出現的影像，誰知道他們身後的石門轟隆下落，整個殿堂劇烈震盪了起來，頂部劈劈啪啪掉下塵土和晶石，地面深處也發出令人心驚的斷裂聲。

「快⋯⋯快叫你的怪物住手！它肯定碰到機關了！」銀老大心驚膽戰地對布布路大叫。

「嗚嚕嚕！」精衛鳥也拍打着翅膀，繞着四不像飛來飛去，仿佛在阻止它。

但四不像玩興正濃，哪肯罷休，它左躲右閃地繞開布布路和精衛鳥的抓捕，又踩下十幾塊石頭。

刺啦！刺啦！刺啦！刺啦！

晶石屏幕閃爍了一下，轟然熄滅，模糊的人影也隨之消失，晶石裂開，滾滾濃煙從龜裂處冒出來⋯⋯

「這些凸出來的石頭好像是甚麼按鈕啊，」布布路後知後覺地說，「可能它們之前泡在海水裏失靈了吧？噢，好想看清剛才晶石屏幕裏的畫面啊！」

銀老大額頭上冷汗涔涔，詫異地瞪着布布路和那隻囂張的

紅毛怪物，暗想：原來怪物大師預備生中也有這麼令人摸不着頭腦的傢伙啊⋯⋯

「嗚嚕嚕！」精衞鳥也面露怒色，似乎在責怪四不像的魯莽，一邊叫一邊猛啄四不像的額頭。

四不像哪裏受得了這般挑釁，伸出爪子就朝精衞鳥撲上

去，精衛鳥敏捷地拍打着翅膀逃跑，兩個小傢伙一轉眼跑得沒影了。

　　布布路擔心四不像一口把精衛鳥吞了，趕緊拔腿追了上去。

長角獸的突襲

　　四不像追着精衛鳥跑到殿堂深處，布布路拖着銀老大跟過來。他們發現了一道向下的巨型石頭臺階，每級臺階都有大約一人高，不過都已經倒塌變形，似乎曾經遭受過強烈的地震。

　　「小精衛和四不像一定跑到下面去了！」布布路說着直接跳到了下一級臺階，還回頭朝銀老大招招手。

銀老大看着一直延伸向黑暗的巨型臺階有些發抖，總覺得有股不祥的感覺。

但精力旺盛的布布路已經快看不到人影了，他只好硬着頭皮用上半身扒住地面，雙腿緩緩伸向第一級臺階，費勁地往下「爬」。

等兩人下到臺階底部，銀老大已經累得氣喘吁吁，一路跳下來的布布路倒是一臉輕鬆。

沒有晶石的照明，四周完全被黑暗吞沒，沒有一絲光亮，讓人有種失明的錯覺。布布路的視力也大受限制，只能從空氣流通的程度來判斷，這是一個巨大無比的空間。

兩人只好摸着石壁，深一腳、淺一腳地朝空間裏面走。

走着走着，布布路感到一股腥臭潮濕的熱風，正從後方快速地襲來。

偷襲？布布路憑藉野獸般的直覺將銀老大猛地推開好幾米，同時轉身朝黑暗中揮動了金盾棺材。

鏘！鏘！鏘！金屬撞擊的巨響加之巨大空間造成的共鳴回聲，幾乎要把銀老大的耳膜都給震破了。

怎麼回事？銀老大震驚地捂住雙耳坐在地上，撞擊處的火花晃得他有些睜不開眼睛。

好不容易緩過一口氣，就見電光石火間，和布布路在對戰的竟是一隻有如小山般的巨獸。

銀老大吞了下口水，那是一隻只能用奇異來形容的巨獸，全身覆蓋着皺巴巴的皮膚，四條粗腿就像四根石柱子，引人注

目的是，它的腦門兒上長着一根一米多長的巨型尖角。

那巨角鋒利得仿佛能劃開空氣，在空中劃出一道道火花，難以想像血肉之軀要如何招架。然而更不可思議的毫無疑問是布布路和他拿在手中的那不知甚麼材質的棺材。

鏘！鏘！鏘！棺材小子竟然和不知名的巨獸在正面角力！並且數回合後，巨獸的尖角開始發紅，漸漸處於下風。

「嗷 ——」長角獸咧開巨口，發出一聲令人肝膽俱裂的嘶吼，直接掉頭逃走了。

Q04 按照原定計劃,你和同伴一起到達了目的地,突然有猛獸襲來,你會怎麼做?

A. 獨自戰鬥到底 ——(前往第 6 題)

B. 和同伴一起逃跑 ——(前往第 7 題)

C. 丟下同伴,獨自逃跑 ——(你的學分評級為 D)

■即時話題■

布布路:大姐頭,你帶了攝影儀嗎?

賽琳娜:你要拍甚麼?

布布路:我要拍餃子啊!

黑鷥:拍他口吐穢物、趴在船內四肢抽搐不停的模樣?為了以後糗他?布布路,你甚麼時候也變這麼心黑了?

布布路:不是啦!我是受康巴大叔之託,他希望得到一些餃子不同以往的照片。對了,他還把餃子在草原摔下馬的照片裱框掛起,天天參拜呢!他還說,餃子明明是偉大的戰神,但居然會有如此親民的一面,簡直是太可愛了⋯⋯

賽琳娜:夠了,別再說了!

黑鷥:甚麼情況?餃子甚麼時候多了一個這麼兇殘的腦殘粉?

餃子:不是一個⋯⋯是一堆⋯⋯嘔——有一堆人被我迷住了⋯⋯嘔——

其他人:⋯⋯

完成這個測試後,你可以判定自己作為一個怪物大師預備生在本次的任務中所獲得的學分評級。

測試答案就在第十七部的 233 頁,不要錯過喲!

這是成為怪物大師的必經之路!!!

尊敬的讀者:現在你跟隨布布路一起踏上了成為怪物大師的道路!向所有的困難發起挑戰吧!

MONSTER MASTER

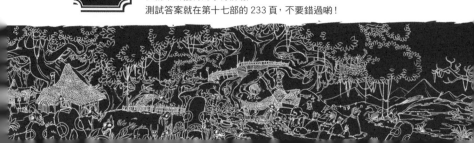

泯滅的靈魂碎片

MONSTER MASTER 17

新世界冒險奇談
第九站 STEP.09

消失的神鑄大陸
MONSTER MASTER 17

會合的同伴們

布布路擊退了長角獸，但漆黑的空間深處，傳來了一聲又一聲爆裂般的吼叫。顯然，四周還有更多的長角獸，剛才的戰鬥吸引了它們的注意力，它們就像是嗅到了血腥味的飢餓鯊魚，正從四面八方狂奔而來……

「完蛋了，我們不會是掉進長角獸的老巢了吧！」巨大的驚嚇讓銀老大脆弱的神經險些繃斷，但他注意到身邊的布布路沒有絲毫畏懼，反而露出了躍躍欲試的表情。這讓他也燃起了漁

民的鬥志，高舉魚叉，準備與這群巨獸展開殊死搏鬥。

　　巨獸狂躁的蹄子在地上踏出轟隆巨響，猶如鉛塊墜落地面，震得人心發顫。它們頭頂鋒利的長角來回擺動，將周圍的石頭削得七零八落……

面對一大群巨獸，布布路和銀老大顯得如同螻蟻一般渺小。

怎麼辦？他們真的有勝算嗎？或者他們只能等着被戳成馬蜂窩了呢？銀老大面無血色。

千鈞一髮之際，布布路眼中卻閃過一絲驚喜，只見黑暗中突然迸射出兩道白光，兩股強勁的水流呼嘯而出，一下子掀翻了兩頭衝在最前面的巨獸。剎那間，成群的巨獸相繼被絆倒，如多米諾骨牌般紛紛倒地，整個空間都被震得轟隆作響。

緊接着，一根綠色的藤條甩了過來，布布路一手抓住藤條，一手拉住銀老大，兩人在藤條的拉力下騰空而起，飛過了成堆的巨獸。

落地後，布布路一骨碌翻身爬起，激動地看向一處幽暗的

角落，一點照明晶石的光亮閃爍着，映照出幾個熟悉的身影。

「大姐頭，餃子，帝奇，黑鷺導師，太好了，終於見到你們了！」布布路興奮地大喊。

噓！賽琳娜四人齊齊比出手勢，示意他們保持安靜。同時，兩片薄如蟬翼的透明水膜倏然飄來，將布布路和銀老大嚴嚴實實地包裹起來。

此時被撞翻的長角獸們紛紛爬了起來，正聳動着鼻子，兇神惡煞般地尋找着獵物。奇怪的是，它們卻對近在眼前的布布路他們視若無睹。

餃子朝一臉驚愕的布布路和銀老大招了招手，原來他們身側還有一段巨大的臺階，通往地下更深層的地方。

絕滅的獸王

布布路他們動作迅速地爬下臺階，豎耳聆聽了半天，確定長角獸群沒有追上來後，布布路終於忍不住了，神祕兮兮地問道：「大姐頭，你甚麼時候讓水精靈噴出的水膜多了令人隱身的功能？好神奇啊……」

「笨蛋，」賽琳娜沒好氣地哼道，「我的水精靈才沒這項技能呢！是這些長角獸的眼睛不知為何都看不見了，它們主要靠嗅覺來鎖定獵物，而水膜正好屏蔽了你們的氣味。」

「噢噢噢，原來是這樣，這些巨獸都是瞎子啊！」布布路恍然大悟，立刻又拋出更多的疑問，「大家落水之後，你們發生了

甚麼事?我醒來後不久遇到了銀老大和精衞鳥,我們一起進了這奇怪的建築……對了,你們看見四不像和精衞鳥了嗎?我是追着它們下來的。」

大家相互看了一眼,這才說起自己的經歷。

小漁船被不知名的力量撕扯成碎片後,大伙兒都被吸入湍急的漩渦,幸好島嶼升到海面之上,大家沒有溺水,而是在海島的不同方位蘇醒過來。

不久後,餃子、帝奇、賽琳娜和黑鷺導師分別相遇,並在探索海島時發現了一個大洞。緊接着,腳下突然震動起來,洞中的岩石開始移位,堵住了洞口,然後他們就遇到了長角獸……

說到這兒,銀老大想起甚麼似的,插話道:「我知道了,一定是因為這個傢伙和他的蠢怪物一前一後地亂踩石頭按鈕,才把大家關在裏面,說不定那些長角獸也是這兩個傢伙放出來的……」

「石頭按鈕?」餃子在腦子裏快速整理了一遍大家的遭遇後,猜測道,「我想我們應該是從別的地方進來的,布布路和銀老大通過巨石正門進入了上一層有石頭按鈕的空間,而我們很可能是從類似盜洞的地方直接進了下一層……」

「不過,既然已經滅絕的獸中之王會在這裏出現,幽靈島恐怕和神鑄大陸脫不了關係。白鷺導師拿走達摩能量核,看來是要幹一件大事。」帝奇罕見地露出了沉重的表情,皺着眉頭補充。

「獸中之王？神鑄大陸？」帝奇口中的兩個未知名詞讓布布路完全摸不着頭腦。

面對布布路一如既往的白痴表情，帝奇扭過頭，顯然不願多做解釋。布布路只好看向賽琳娜，賽琳娜無奈地說明道：「神鑄大陸被譽為神所鑄造的大陸，早在人類出現之前就已經是藍星上最豐饒而廣袤的土地了，傳說中巨人族的文明就是在那裏孕育的。在十影王還未誕生的遠古巨獸橫行的年代，長角獸是神鑄大陸上當之無愧的獸中之王。後來，神鑄大陸不知甚麼原因突然離奇地從藍星的版圖上消失了，長角獸這種生物也隨之滅絕了。關於神鑄大陸消失的原因，後世渲染出了很多種版本，但那實在是太久遠的歷史了，真相早已隨着時間的流逝而湮滅，無從得知了。」

「噢噢噢噢！神鑄大陸肯定是個很了不起的地方！」布布路聽得津津有味。

「如今這種已經滅絕的遠古巨獸卻在這座島上出現了，我們是不是可以大膽地推測，這座幽靈島其實就是消失的神鑄大陸，」餃子若有所思地沉吟道，「或者至少是它的一部分？」

「很有這種可能。」帝奇沉聲說。

「如果幽靈島就是神鑄大陸，那麼白鷺導師十三年前在暗部執行的任務……肯定隱藏着甚麼巨大的祕密……」賽琳娜心驚地說。

幾個預備生七嘴八舌地討論着，每說一句，黑鷺臉上的神色就凝重一分：達摩能量核、紅帽子商人、暗部的祕密任務，

以及消失的神鑄大陸，這些看似毫無聯繫的線索正交織成一張錯綜複雜的巨網，而現在，他的哥哥 ── 白鷺，正在網的中央，生死未卜！

文明的殘骸

當幽靈島和神鑄大陸畫上等號，黑鷺和四個預備生終於接觸到這真相的冰山一角。

局勢越來越難以控制了，但一想到將有機會挖掘出神鑄大陸銷聲匿跡的千古之謎，布布路四人臉上又顯現出一絲興奮。銀老大也開始適應幽靈島上一個接一個的「驚喜」了，心想，如果能率先挖掘出幽靈島的祕密，就可以在金老大面前大大地出口氣了。

說話間，大家已經到達臺階下的一層空間，大家的面前是一條幽深的通道，通道兩旁排列着一扇扇的石門。

黑鷺心急地上前伸手推開了最近的那扇石門。

房間裏堆滿了焦黑生鏽的武器，令人心驚的是，這裏最小的匕首都足有一人長，長棍更是足有兩層樓那麼高。因為年代久遠加之常年浸泡在水中，這些武器被腐蝕得異常嚴重，稍微一碰便化為了粉末。

隨後更多的石門被陸續打開。

有一個房間裏是一排排樓宇般的高大衣櫥，裏面的撐衣架寬達數米，可惜衣架上的衣服都碎了，只殘留着一些泥漿般的

巨大織物殘骸。牆壁上的帽架上，整齊擺放着有如撐開的雨傘般大小的頭盔。

還有一個房間裏存放着食物，可惜都已腐爛殆盡，只留下許多大得驚人的餐具，比如水桶那麼大的酒杯和圓桌那麼大的盤子。

這些物件雖然依稀可辨，卻隱隱透着淒涼，昭示着這裏早已久絕人跡。

凝視着這些早應消失在時光中的痕跡，眾人齊齊倒抽了一口涼氣，確定這裏就是巨人族居住過的地方。

地底的空氣沉悶而凝滯，想到巨人們曾經鮮活的日常，布布路心中因那泯滅的文明湧出了一絲傷感。

「嗚嚕嚕！」靜謐中，一個熟悉的叫聲隨着一陣叮叮噹噹的動靜傳來。

「是小精衞！」布布路立即和眾人循着聲音緊張地跑過去。

不遠處，四不像正在一堆巨大的壇壇罐罐間跳來跳去，伸着爪子逮精衞鳥……

原來這隻臭脾氣的醜八怪怪物還沒有放棄它的捕鳥行動，精衞鳥卻也不往高處躲閃，只是撲扇着翅膀，始終圍着一個壇子發出哀鳴。

「布布路！管好你的怪物！」賽琳娜雙手叉腰，發出獅子吼。

布布路立刻趕去阻止四不像，主人出馬果然有效，布布路成功地代替了精衞鳥，成為四不像的攻擊目標，被抓成個大花臉！

「四不像！輕一點！」布布路捂頭求饒。突然他眼角餘光一瞥，在壇子裏發現了甚麼，定睛一看，大聲喊道：「哇！這個壇子裏有條小魚！」

四不像涎水直流，扒在壇子邊想把魚從水裏給抓出來。誰知小魚的身體突然膨脹了兩倍，全身豎起了根根倒刺，活像一個大刺球！

「布魯布魯！」四不像被扎到了手，氣得直叫喚。

精衞鳥似乎想要保護小魚，對四不像的頭頂猛啄。這無異於火上澆油，四不像火冒三丈，一記頭錘，直接將水壇砸了個稀巴爛。

水壇碎裂，小魚吐着泡泡在碎片中垂死掙扎，而四不像和精衞鳥又扭打成一團。賽琳娜只好趕來救場，她讓水精靈出馬，先用一個高壓水柱將四不像和精衞鳥沖了個透心涼，再用一個水球將小魚包裹住。有了水的浸潤，奄奄一息的小魚恢復了生氣，收起倒刺，禮貌地擺動尾巴表示感謝。

大家這才看清，原來這是一條圓滾滾的小刺魨，身上披着黃白相間的紋路，鼓鼓的眼睛，大大的鼻孔，厚厚的唇。跟滑稽的外表相比，小刺魨的表情看起來卻很嚴肅，眼神仿佛在審視着布布路一行人。

「不對勁啊！」布布路突然倒抽了一口涼氣，低呼道，「剛剛，它好像眨眼睛了。」

「是不是你眼花了？」身為漁民的銀老大不敢相信，「我從沒見過有魚會眨眼睛！」

像是聽懂了他們的話，小刺魨鼓起的魚眼又眨巴了幾下。

布布路激動地大叫：「這不是一條普通的魚！它真的會眨眼睛！」

眾人圍着這條小刺魨嘖嘖稱奇，只有四不像賭氣般地鑽回棺材裏，吐着口水詛咒布布路。

沒有了四不像的干擾，精衛鳥親昵地湊向小刺魨，不停地拍動着翅膀，仿佛在表達着自己的欣喜。而小刺魨則表現得十分淡定，它優雅地吐出幾個泡泡，精衛鳥立馬安靜下來，溫順地跟在小刺魨身後。

布布路他們對視一眼：鳥和魚是朋友嗎？

泯滅的靈魂碎片
MONSTER MASTER 17

新世界冒險奇談
第十站 STEP.10

感人肺腑的兄弟重逢
MONSTER MASTER 17

重生的人形海葵

　　得到賽琳娜的幫助，原本被困在水壇中的小刺魨重獲自由，擺動着尾巴向前游去，精衞鳥緊隨其側，看起來十分默契。大家帶着重重疑惑，快步跟了上去。

　　小刺魨和精衞鳥看起來都十分通人性，並且似乎知道些甚麼。在小刺魨的指引下，眾人穿過幽深的長廊，來到一個圓形的開闊空間，四周是數量龐大、錯落起伏的岩石群。透過岩石的縫隙，頭頂灑下稀稀疏疏的光線，讓本來晦暗的空間越發顯

得光怪陸離。

餃子的目光四下巡視，感覺有些不對勁：「這些岩石的造型千奇百怪，上面有着如葉脈般清晰卻深淺各異的肌理，那深沉複雜的色相一看就非人工雕琢而成。但若是自然形成，為何歷經如此長久的時間並浸泡在水中，卻絲毫沒有被風化磨蝕的痕跡呢？反而如同上等古玉一般被完美地保存了下來……」

大家似乎沒注意到餃子的困惑，他們全都凝神盯着那條帶路的小刺鲀。它正在岩石群間游來游去，又是搖尾又是擺鰭，似乎是想傳遞甚麼消息……

「哎喲，有東西抓住了我的腳……救命啊！」銀老大突然驚呼，整個人栽倒在地。

眾人心中隱隱的不安終於得到了印證。

就算不是身經百戰，布布路他們也已經歷過諸多危難險境，參考以往的經驗，危險總是會候然而至！

嗖——帝奇的指尖寒光閃現，一把鋒利的匕首凌空射出，斬斷了纏住銀老大腳踝的東西，大量的血紅色黏液噴濺而出，濺了銀老大一臉。

「啊，這是之前攻擊我的海葵！」布布路指着仍在微微顫抖的斷鬚大叫。

「大事不好！」賽琳娜臉色大變，「你們快看！」

大家的視線跟隨着地面開始搖晃，在他們前方，那重重疊疊的岩石縫隙中，有如沸騰的水面一般，冒出密密麻麻的血色觸鬚。這些海葵交纏成巨大的一團，向着大家匍匐而來。

這些海葵不只體積比之前大了，還透着一股說不出來的古怪。

布布路定睛一看，這海葵不只是大，還分明呈現出人形的姿態！

「我的天哪，這是甚麼海葵啊？」銀老大自詡對海洋生物見多識廣，但如今一連串的遭遇，卻讓他不得不改變對海洋、對世界的看法。

人形海葵揮舞着觸鬚張牙舞爪地朝着眾人碾壓過來，大家一字排開準備迎戰。

黑鷺兩隻手都戴上了狼爪手套，奮勇地跳進海葵觸鬚最密集的地方，想要左右開弓、速戰速決。

這時，誰都沒想到，那條小刺魨突然橫插進來，擋在眾人面前，躁動不安地抖着魚鰭，嘴巴一開一合，好像想說甚麼。

黑鷺的狼爪已經狠狠地劈了過來，此時突然收招，讓他的身體整個失去了平衡。人形海葵沒有放過這個機會，數條觸鬚如同鋼鞭一般甩過來，將黑鷺掀到了空中。

「強力水柱！」

「藤鞭出擊！」

隨着賽琳娜和餃子的出擊，幾根靠近黑鷺的觸鬚被切斷。然而，黑鷺被海葵觸鬚中的黏液粘住了，身體不能動彈地從空中往下掉，而布布路和帝奇也被下面的海葵觸鬚絆住了手腳，無法出手相助。

眼看着黑鷺從高空狠狠摔了下來，危急關頭，空氣中開始產生一種莫名的氣旋，一個奇怪的生物瞬間俯衝到了黑鷺下方，那個生物的上面坐着一個熟悉的白色人影。

🈺流血的岩石

那人影凌空接住了黑鷺，同時說道：「一尾，超聲波轟炸！定位角度和範圍！」

「是白鷺導師，還有變大的一尾狐蝠！」布布路驚喜地叫起來，「啊，還有一隻幽冥之蝶在白鷺導師的肩頭！」

一尾狐蝠拖着它標誌性的長尾，從眾人頭上掠過，同時發出一陣陣超高頻率的超聲波。

超聲波的頻率遠遠超出人耳的聽力範圍，就連布布路也聽不到任何聲音，但眾人卻可以清晰地看到從一尾狐蝠口中發出的一束束柱狀光波。原來，超聲波經過的空氣因為高頻振動而導致光線的折射產生變化，從而讓攻擊變得可見。

當超聲波接觸到那些人形海葵時，所有人都屏息以待，但是，甚麼都沒有發生，人形海葵毫髮無損。

人形海葵意識到了這只是一次虛張聲勢的攻擊，立刻準備反擊，可下一秒，人形海葵直直地墜入了腳下的巨大空洞！

超聲波炸彈的目標，其實是人形海葵腳下的地面，利用超聲波在堅硬的岩石中傳遞而產生的強大衝擊力來擊碎整個岩床，將人形海葵一網打盡！

塵埃落定，一尾狐蝠優雅地下落，白鷺和黑鷺穩穩地落到他們面前。一尾狐蝠隨即縮小成常態，停在了白鷺的肩膀上。

白鷺行雲流水的攻擊讓銀老大瞠目結舌：「這人了不得！你們要找的人就是他吧？」

終於找到白鷺導師了！大家心中一陣雀躍，但黑鷺導師卻一反常態，面無表情，而白鷺神色依舊，冷峻得看不出喜憂。

好一會兒，黑鷺才掙開身上的「泥殼」，握緊拳頭，滿臉怒氣地快步衝向白鷺。

難道黑鷺導師要對白鷺導師大打出手嗎？黑鷺導師擔驚受怕了這麼長時間，對白鷺導師稍稍出出氣也是可以理解的。

下一秒，黑鷺果然出手了，眼看他的拳頭距離白鷺只有咫尺之遙，四個預備生齊齊傻眼了。

只見白鷺側身一閃，一手接住了黑鷺的拳頭，另一隻手緩緩抬起來，摸了摸黑鷺的腦袋，就像是一個大人在安撫一個受了委屈的小鬼。

黑鷺的表情再也繃不住了，嘴唇顫抖起來，眼中淚光閃爍。

唉，布布路他們都要替黑鷺導師臉紅了，怪不得他一直贏不了白鷺導師，性格決定命運啊！

就在這時，布布路突然覺得背後癢癢的，回頭一看，是精衞鳥在啄他。

「嗚嚕嚕！」精衞鳥朝小刺鈍所在的方向拼命地拍着翅膀。

布布路一看，不禁怔住了：那是一塊近似橢圓形的巨型岩石，平滑得幾乎沒有氣孔，詭異的是，岩石的一角被飛濺的海葵觸鬚撞裂，崩裂的石縫中滲出一股猩紅的血流。

剛剛被撞裂的岩石裏居然流血了，而且，流血的岩石還不止一塊，其他被撞壞的岩石都滴滴答答地滲出血珠子。

「這是怎麼回事啊？」銀老大大吃一驚，「莫非這些岩石都

是有生命的？」

「難道剛剛小刺魨突然擋住黑鷺導師，就是怕他傷到這些岩石？」餃子看向小刺魨，小刺魨上下擺了擺身體，仿佛在點頭。

小刺魨和精衛鳥果然知道些甚麼，但它們卻不會說話，大家也只能乾着急。

就在大家被流血的岩石吸引了注意力的時候，他們身後，剛剛被一尾狐蝠打出的地洞中驀地伸出一根粗壯的血色觸鬚，令人猝不及防地纏住白鷺和黑鷺的腳踝，猛地將雙子導師拖進了深不見底的窟窿裏！

反常的雙子導師

還來不及共享重逢的喜悅，雙子導師就被血色觸鬚拖進了窟窿裏。

布布路急得縱身就要往下跳，餃子和帝奇趕緊撲上來，合力把他扯住。

賽琳娜敲着布布路的頭訓斥道：「我跟你說了多少次，不要每次都直接往下跳！先觀察一下情況！」

布布路委屈又擔心地說：「但是雙子導師他們掉下去了！」

餃子探頭往窟窿下瞅了一眼，立即冒出一身雞皮疙瘩，洞口下方爬滿密密麻麻蠕動的觸鬚，把窟窿的底部遮擋得嚴嚴實實，就像一個恐怖的血色蛇窩。

「他們倆不會出事吧?」銀老大也跑上前來,忐忑地問。就他的判斷,黑鷺和白鷺應該是一行人中武力值最高的,若他們折損於此,那剩下四個小鬼頭和他該如何是好?

「不會的!」帝奇鎮定地說。

只聽窟窿下方傳來激烈的打鬥聲,還伴隨着雙子導師你一言、我一語的對話:

「哥,你寫給我的訣別書有錯別字!」

「不可能。我檢查過三遍。」

「機密倉庫的口令是誰設置的?也太不嚴肅了!」

「不知道。」

「你不是偷了達摩能量核嗎?怎麼會不知道?」

「那是兩碼事。」

「你偷了能量核後,跑來幽靈島,是不是和十三年前的那次任務有關係?」

「……」

「哥,你現在是打算逃避問題嘍?我告訴你,你是逃不掉的,我一定要弄清楚!」

「滾!你擋到我了!」

被切斷的觸鬚像井噴似的往外冒,不一會兒的工夫就在窟窿口堆出一座小山。

雖然看不見底下的激戰場面,但聽着雙子導師如此愉悅地拌着嘴,大伙兒就鬆了口氣。

餃子心有戚戚焉地嘀咕道:「說起來,雙子導師只是在招

生會的時候展露了一下戰鬥力，不過面對我們這些新手，他們倆絕對是有所保留的……就算是和我們一起暗探雷頓家族的時候，黑鷺導師也沒有使出全力，而是很『好心』地儘量把我們四個推出去鍛煉……唉，我突然覺得人形海葵有些可憐。」

「看來是我多慮了……」銀老大剛想發表感歎，突然地下一道強光射出，打鬥聲和對話聲也戛然而止。

布布路他們被那強光刺得眼睛生疼，倉皇地摀住眼睛，紛紛往後退。

片刻之後，強光散去，被斬斷的觸鬚在洞口苟延殘喘地顫動着，窟窿底下一片死寂。

「黑鷺導師！」

「白鷺導師！」

布布路他們擔心地朝窟窿下大喊，沒有任何回應。

布布路再也忍不住了，縱身跳下窟窿，其他人也紛紛跟上。帝奇雙腳一落地就扭開了照明晶石。

窟窿底部盡是碎得七零八落的血色觸鬚，雙子導師無聲無息地倒在其中。

賽琳娜忙伸手探了探兩人的鼻息：「有呼吸……他們應該只是昏迷了。」

接着，她命令水精靈開啟花灑狀態，清涼的水花澆在雙子導師的臉上，兩人打了個冷顫，蘇醒過來。

「白鷺導師，發生了甚麼事？」

「黑鷺導師，您沒事吧？」

「剛才那道強光是哪兒來的？」

「你們倆為甚麼昏迷了？」

很快，四個預備生都閉了嘴，因為他們突然感覺到一絲詭異的氣息……

任務學分評級測試

這是成為怪物大師的必經之路!!!

尊敬的讀者:現在你跟隨布布路一起踏上了成為怪物大師的道路!向所有的困難發起挑戰吧!

Q05 所有人中,只有你發現了一條重要的線索,這條線索還蘊含着某種危險,你會怎麼做?

A. 獨自探索這條線索 ——(前往第 8 題)
B. 與同伴分享這條線索 ——(前往第 7 題)
C. 忽略這條線索 ——(你的學分評級為 D)

■**即時話題**■

布布路:大姐頭,你是怎麼發現這些長角獸是瞎子的呢?
賽琳娜:我們闖進這個地方後,我就下意識地用起了十影王安古林教過的閉氣法,因為我不知道會遭遇甚麼樣的危險,這種消除自身氣息乃至存在的方式,也算是一種自我保護吧。之後,我們遭遇了長角獸,這讓我很是驚慌,但它卻對我視若無睹,我這才發現,它的眼睛看不見了,它是靠嗅覺來鎖定獵物的。
黑驚:然後你就讓水精靈對我出招,害我以為你發生了甚麼變故,對我攻擊!
餃子:我也是!這個島本身就挺詭異的,水精靈又對我出招,把我嚇了一大跳!
帝奇:你的叫聲才嚇人!
餃子:哎呀,帝奇你一聽到我的叫聲就衝過來了,那擔心的模樣真是太令我感動了。
黑驚:你明明看到帝奇被澆了個透心涼後笑出來了,還笑得特別大聲。
帝奇:餃子,任務結束後別走!
餃子:哎喲,你生氣了啊?別這樣,我怕怕……

完成這個測試後,你可以判定自己作為一個怪物大師預備生在本次的任務中所獲得的學分評級。
測試答案就在第十七部的 233 頁,不要錯過啲!

新世界冒險奇談

第十一站 STEP.11

十三年前的往事
MONSTER MASTER 17

靈魂互換

情況不對！

為甚麼黑鷺導師會用一種深沉而內斂的目光，冷冷地審視着四周？

為甚麼白鷺導師會不高興地瞪眼，還揮着手要他們讓出可以呼吸的空間？

這是甚麼情況？白鷺導師變得很急躁，黑鷺導師卻變得很淡定，他們倆的言行怎麼顛倒過來了？四個預備生面面相覷，

內心隱隱有了不好的預感……

雙子導師也終於察覺到布布路他們反常的沉默，兩人下意識地互相看了一眼，白鷺瞬間尖叫起來：「我……我怎麼站在我面前？！」

「看來，」黑鷺的瞳仁銳利地縮了縮，表面上倒是依舊風平浪靜，「我們倆發生了靈魂互換。」

「靈魂互換？」布布路驚得下巴差點兒掉到了地上，「所以現在白鷺導師的身體裏裝的是黑鷺導師的靈魂，而黑鷺導師的身體裏裝的是白鷺導師的靈魂嗎？哇，靈魂互換好有趣啊！」

「喂喂！」「白鷺」皺着眉頭，氣鼓鼓地瞪着布布路，「有話大聲說，甚麼全都完蛋？真是烏鴉嘴！」

布布路委屈地撇着嘴，他甚麼時候說過「全都完蛋」了？

餃子他們也都愣住了，靈魂互換也就算了，難道連聽力也出問題了嗎？剛才布布路的聲音明明一點兒也不小啊。

「別介意，」「黑鷺」淡淡地出聲了，「他現在是失聰狀態，因為我和紅帽子做了交易，用我的耳膜換取了情報！」

　　四個預備生想起紅帽子老巢裏那些千奇百怪的「五官」，沒想到白鷺導師也把自己的耳膜給了紅帽子。

　　可是，白鷺導師的目的到底是甚麼？不惜失去聽覺也要達成嗎？

　　「黑鷺」又不留情面地教訓起「白鷺」道：「我早說過，要好好學習唇語，你偏不聽，笨蛋！」

這下子，「白鷺」總算是讀對了「笨蛋」二字，憤憤地生起悶氣。

「我們費了這麼大的勁兒，好不容易找到了白鷺導師，沒想到又遇到這麼棘手的情況。」餃子仰天長歎道，「雙子導師靈魂互換了，白鷺導師失聰！更鬱悶的是，黑鷺導師還不會讀唇語。天哪，接下來還會鬧出甚麼亂子啊？」

帝奇目光犀利地審視四周，冷靜地提醒道：「任何事情都不會憑空發生，一定是有甚麼原因觸發了靈魂互換。」

「是那陣強光！」賽琳娜回憶道，「那很像是煉金術陣開啟時發出的光……」

「嗚嚕嚕！嗚嚕嚕！嗚嚕嚕！」

賽琳娜的話被一陣淒厲的鳥叫聲打斷，在四周盤旋的精衛鳥突然停在了一堆碎石上方，發出接連不斷的悲鳴。

布布路拔腿跑過去，立馬大聲驚呼起來：「這……這裏有一具人類的骸骨！」

剛剛被雙子導師打碎的岩石裏，赫然橫陳着一具白骨，小刺魨也游到了骸骨上，一副怏怏不樂的樣子。

帝奇查看後，皺眉道：「這人已經死去至少十年了……」

「不知道他是甚麼人，」賽琳娜惋惜地說，「孤苦伶仃地死在這種地方……」

「難道是附近的漁民嗎？」銀老大不安地嘀咕。

誰也沒注意到，自從看見這具骸骨，「黑鷺」的臉色唰地變得慘白。片刻之後，他撲通一聲跪倒在骸骨前，悲戚地哽咽

出聲：「泰明導師⋯⋯」

追憶，恩師泰明

「泰明導師是誰？」布布路他們不可思議地盯着「黑鷺」，一向撲克臉的白鷺導師竟會露出如此哀傷的神情，可見泰明導師一定是個對白鷺導師很重要的人。

「他曾是十字基地裏最出色的導師。」「黑鷺」緩緩站起身來，心情沉重地說，「對我來說，他不只是導師，更是可以交心的朋友！」

「泰明導師不是失蹤了嗎？為何會變成幽靈島上的一具白骨？」「白鷺」聽得一知半解，再也按捺不住，緊緊地抓住對面「黑鷺」的肩膀，激動地大聲道，「哥，這裏所站的是你的兄弟，你的學生，我們都是絕不會背叛你的人！你就直說了吧，十三年前的任務中究竟發生了甚麼？你又為何要盜走達摩能量核？哥，告訴我，讓我和你一起分擔！」

「白鷺導師，我們也想出一分力！」布布路他們也使勁點頭。

「謝謝你們⋯⋯」在弟弟和四個預備生真誠的注視下，白鷺破天荒地露出了一絲微笑，雖然是用黑鷺的臉。

他深吸了一口氣，終於將十三年前的往事和盤托出——

「我和黑鷺從小立志成為優秀的怪物大師，也順利地進入摩爾本十字基地學習。黑鷺很早就以留在基地任教為目標，而我這個哥哥卻對未來感到迷惘。我出於正義感想當一名懲惡揚

善的怪物大師，但是成為怪物大師以後呢？我究竟想成為怎樣的怪物大師？美食怪物大師，醫療怪物大師，或者像黑鷺一樣成為一名怪物大師導師？我並沒有目標。

「在摩爾本十字基地學習的最後一年，泰明導師從其他基地被調到摩爾本十字基地，我和他之間相處的時間雖然不長，但卻異常投緣。小到衣食住行，大到人性善惡，我們都喜歡一起探討⋯⋯泰明導師私下裏也教了我很多東西，我的武術風格就完全師承泰明導師，講究的是『出其不意』的招數。跟泰明導師的相處讓我漸漸覺得，如果能像泰明導師一樣成為培養更多怪物大師的導師也是個不錯的選擇。

「然而臨近畢業時，尼科爾院長卻突然告訴我，隸屬於怪物大師管理協會的暗部要在我們兄弟中間挑選一人，想讓我們中的一個去參加任務考核，讓我和黑鷺商量一下由誰去。

「暗部很神祕，但也伴隨着危險和孤獨，比起我那剛剛誕生的導師夢想，說不定暗部更適合我⋯⋯」說到這裏，「黑鷺」刻意停頓了片刻，口是心非地說，「我可不是為了守護黑鷺甚麼的，我只是覺得能去滿是精英的暗部也挺好的！」

看到大家紛紛露出了不相信的眼神，「黑鷺」面露尷尬地繼續道：「總之，我私自做了決定。臨走前，我把我的想法告訴了泰明導師。他告誡我道：『世間原本並沒有絕對的是非善惡，但在暗部，一切都是黑白分明的，如果你去了暗部，對於所執行的任務千萬不要有任何一絲猶豫，因為這絲猶豫很可能會讓任務失敗，甚至讓你送命！而這後果是你不能承受的！』我當時

並不是很明白泰明導師話中的含義，直到執行任務那天……」

暗部的祕密任務

「那天，我緊張地來到指定的接頭地點，和我一同執行任務的是五名暗部成員，按照暗部的規定，他們都隱藏了自己的真實身份。當時我只有十五歲，是所有人裏年紀最小的，因此表現得十分生澀，我主動詢問任務的內容，立即遭到眾人的厲聲呵斥，五名暗部成員厲聲警告我：『身為一名黑暗潛行者，唯一的使命就是服從，上級沒有告訴你的，你不能問，上級給你的命令，你必須百分之百執行！』

「我被訓得啞口無言，也再不敢吱聲，直到抵達黃金海岸，我才知道此行的目的地是第五海域西南角一座被稱為『幽靈島』的神祕海島。眾所周知，藍星現有的地圖僅繪製了百分之九十的區域，還有百分之十是人類尚未探明的。據說，幽靈島位於那百分之十的未知區域。不過，暗部早就提前雇用了一名領路的漁夫，這漁夫的家族世代都生活在黃金海岸，對第五海域的地形瞭如指掌。漁夫告訴我們，他的父親曾在十三年前為一名暗部成員帶過路，並告訴他每十三年才有一次登島機會。」

「這麼說，今年又是一次登島的機會。」餃子摸着下巴，若有所思地說，「白鷺導師，那二十六年前去幽靈島的暗部成員也在十三年前和你同行的五個人之中吧？」

「不，他不在。」「黑鷺」搖搖頭，聲音發緊地繼續道，「在漁夫的引領下，我們深入了西南角海域，五個暗部成員帶着我潛入深海，我在海中看到了一座島嶼。他們掏出記錄儀錶，交頭接耳地說，幽靈島比之前的數據又上升了數百米，照此下去，這座島嶼早晚有一天會浮出海面。」

「幽靈島是逐年上升的島嶼？」銀老大終於找到了自己能夠參與的話題。

「是的。」「黑鷺」微微點頭，臉色出奇的蒼白，「我跟着他們潛入島嶼，暗部成員這才說出任務的目標 —— 炸毀幽靈島！我大吃一驚，脫口問出，為甚麼要炸毀這座島嶼，是不是島上有甚麼危險的東西？他們又再度強調，黑暗潛行者只要服從和執行命令就可以了。」

「我們順着上一次暗部成員留下的盜洞進入一座處處透着奇異之感的神奇建築 —— 就是我們現在所在的地方。我們幾個人被安排分頭行動，深入建築的每一層安置爆破晶石，我被

安排去最上層。一路上，我認真觀察了建築格局，然後萬分震驚地意識到 —— 這座島嶼是消失的神鑄大陸的一部分，這座建築很可能是巨人族的遺跡 —— 神之塔！

「我的心中充滿了疑惑 —— 對這座島嶼本身，也對暗部要炸毀它的原因。但我沒有忘記自己必須執行命令，所以我在塔的最上層安置了爆破晶石。沒想到，正當我準備撤離的時候，卻被突襲了！

「來人戴着一副玄鐵面具，辨不清面貌，可我一和他交手，就感覺到了恐懼。因為我太熟悉對方使出的招數了，我心中立刻有了一個名字。但我說服自己這是不可能的，因為那每一招的力度強大到我無法招架，速度更是快到我完全跟不上，這樣強大而可怕的戰鬥力，絕對不是我熟悉的那個人。直到對方召喚出了怪物 —— 巨鷹尼斯羅克，令我不得不屈從於現實。是的，攻擊我的人是泰明導師！」

泯滅的靈魂碎片

MONSTER MASTER 17

新世界冒險奇談

第十二站 STEP.12

泰明導師的託付

MONSTER MASTER 17

被烙上的罪印

說到這裏，「黑鷥」長出了一口氣，他的眼中閃過一絲難以言說的複雜情緒。面對眾人灼熱的眼神，他很快壓抑住內心的波瀾，等他再開口時，又恢復成了一副冷靜淡然的模樣。

四個預備生不由得屏住呼吸，專注聆聽。考慮到失聰的「白鷥」，「黑鷥」也刻意放緩了語速——

「我心中充滿了猶豫和疑惑，很快敗下陣來，泰明導師將我五花大綁起來，並迅速拆除了我之前安置的爆破晶石。我不

敢相信，自己的恩師、朋友，竟然會成為敵人，我失望地問他為何要這麼做，為何要阻撓暗部的任務，明明他也是怪物大師啊！

「他卻冷冷地反問我，暗部的成員被稱為黑暗潛行者，唯一的準則就是無條件地服從和執行任務。那麼當你的任務和信仰相悖時，你是忠於任務還是忠於信仰呢？如果是他，他選擇忠於自己的信仰，忠於自己內心的正義。即使這樣將讓自己被烙上罪印！說完，他就帶着尼斯羅克往別處去了。

「我掙扎着踩了嵌入地面的開關，控制室裏的晶石屏幕都亮了起來，我因此能看見每一層的情形。我看到，泰明導師和其他暗部成員發生了激烈爭鬥，打算拆除所有已安置好的爆破晶石，破壞我們的任務。另外五人漸漸聚到了一起，令我感到詫異的是，那五名暗部成員居然一邊戰鬥一邊痛斥泰明導師，通過他們的對話，我得知了泰明導師驚人的另一重身份——DK4！我這才知道他就是之前探察幽靈島的暗部成員。

「我更疑惑了，身為 DK4 為甚麼要破壞暗部的行動呢？我唯一能確認的是，身為排名第四的黑暗潛行者，泰明導師的確擁有位於金字塔頂端的戰鬥力，另外五名暗部成員始終被他壓制着，可到了塔底那層，泰明導師卻突然只守不攻了。

「現在看來，他是顧慮到那些會流血的岩石，出手才變得十分謹慎。另外五個人抓住了反撲的機會，他們迅速做出了戰略調整，由四個人負責拖住泰明老師，另一個人前去引爆尚未被拆除的爆破晶石。

「我再度震驚了，他們竟然毫不猶豫地決定犧牲同伴去完成任務！」

「黑鷺」低下頭，如同默哀般地追憶道：「爆炸發生的時候，我動彈不得，幾乎只能等死了，我感覺到空氣灼熱、耳朵發痛，意識開始模糊了。就在這時，尼斯羅克突然出現在我的面前，它用鷹翅護住了我。我迷迷糊糊閉上了眼睛，等我清醒過來的時候，已經躺在我們來時乘坐的漁船上了，不遠處的海面上風起雲湧，海底深處仍有恐怖的轟鳴聲傳來。尼斯羅克見我醒了，就潛入海中，應該是去尋找它的主人了。

「海面上激流湍湧，我費盡全身的力氣才沒讓漁船被捲入漩渦。等到四周終於平靜下來之後，我看見不遠處的海水下冒出兩顆人頭，是帶路的漁夫和一個暗部成員，我把他們拖上船。那個暗部成員告訴我其他人都已罹難，他是在引爆爆破晶石時，被巨大的爆炸氣浪給沖出來的，遇見了等候多時而下海尋人的漁夫。看到我渾身是傷，他詢問我是否也是被氣浪沖出來的。我並沒有對他說出實話，在屈辱和悔恨中，我的淚水奪眶而出。

「我知道泰明導師一定察覺到了那五名暗部成員的想法，但他還讓尼斯羅克離開戰場來救我，明明他應該先救自己才對……我想，泰明導師之所以阻撓暗部的任務，一定是另有原因的！我相信，他是忠於了他自己的信仰！不管怎麼說，指引了我的未來，保護了我的生命的泰明導師，始終是我心中最尊敬的導師。」

「黑鷺」眼睛潮紅，鼻音變重地說：「後來，聽說泰明導師的屍體並沒有找到，一年後，泰明被宣佈為失蹤。我在尼科爾院長安排下跟黑鷺一起成為基地的導師。但這件事讓我一直耿耿於懷，我下定決心，只要有機會一定重回幽靈島，要找到失蹤的泰明導師，找出真相！沒想到……」

「黑鷺」凝視着泰明導師的遺骸，神情無比悲傷。

交易的內幕

終於得知十三年前的真相後，大家都被深深觸動了，集體向泰明導師的遺骸默哀。

好一會兒，餃子才狐疑地問道：「白鷺導師您要來尋找失蹤的泰明導師，可為甚麼要偷走達摩能量核呢？」

「對了，您知不知道，管理協會派出了多可薩調查這件事，尼科爾院長限令黑鷺導師兩天一夜把您帶回基地，否則就要對外發出通緝令！」布布路連忙補充，「幸好我們玩遊戲贏了紅帽子，否則還不知道要甚麼時候才能找到您呢。」

提到達摩能量核，氣氛越發凝重，「白鷺」也目不轉睛地看着「黑鷺」，等待着他說出原委。

「難怪你們能找到我，原來是跟紅帽子做了交易，真是膽大包天啊，還好你們贏了。」「黑鷺」責備地掃視了大伙兒一圈，皺眉解釋道，「事情是這樣的，一天前，紅帽子主動找到我，說是受一位故人所託而來，那位故人正是泰明導師。十三年前，

泰明導師在前往幽靈島之前，曾跟紅帽子做了一個交易——如果將來有一天，有兩件事都實現了，紅帽子就要來告訴我一句話。」

「哪兩件事？」布布路急切地問，「紅帽子要告訴您的話是甚麼？」

「第一件事是達摩現世，第二件事是幽靈島完全浮出海面。」「黑鷺」平靜地陳述道，「紅帽子說這是泰明導師失蹤前跟他做的最後一筆交易，他讓紅帽子轉告我，帶達摩能量核去幽靈島，開啟中央巨塔內的煉金術陣，屆時，我將知道泰明導師不惜犧牲生命也要阻撓暗部的任務的原因，知道他所追求的信念。」一直以來，大家都以為白鷺導師是個成熟而穩重的人，沒想到他比黑鷺導師還要熱心和任性，為了揭開一個不知真假

的謎團，為了完成恩師的一句託付，他居然甘心身敗名裂，偷走達摩能量核，獨闖幽靈島！

「嗚嚕嚕！」精衛鳥仿佛也聽懂了，悲戚地放聲嘶鳴起來。

差點兒被大家忘記的銀老大對眾人招招手，神祕兮兮地說：「你們說，這隻六爪鳥是不是認識你們說的那位導師，要不然就是它對白骨有特殊喜好？還有那條小刺魨……」

追兵駕到

大家這才想起，泰明導師的白骨是精衛鳥找到的，剛剛他們說話的時候，它也一直在白骨旁悲鳴，仿佛在祭奠。小刺魨也一臉沉重，魚眼中流露出一絲遺憾。

「它們好像認識泰明導師呢，而且和他的感情還很深的樣子。難道它們是泰明導師的寵物嗎？」布布路眨着眼猜度起來。

「仔細看看，這鳥喙的形狀、羽毛的顏色，還有鳥爪的骨骼……我覺得有點眼熟啊，」賽琳娜想到了甚麼，目不轉睛地觀察着精衛鳥，「啊，它很像《怪物圖鑒》上描繪的巨鷹尼斯羅克！只不過圖鑒上的尼斯羅克形態十分巨大威猛，羽毛也更加豐厚光亮！」

「難道它就是尼斯羅克？」餃子托着下巴，開始推斷，「畢竟十三年前，白鷺導師只看到尼斯羅克潛入深海，並未看到它死亡，很可能它因失去了主人，而發生了等級退化！」

「嗚嚕嚕！」精衛鳥仿佛贊同似的，連連拍打着翅膀。

「別忘了，失去主人的怪物會精神崩潰！」帝奇謹慎地往後退了一步。

這適時的提醒讓眾人擔心起來，齊齊用憐憫的目光看向精衞鳥，看到泰明的骨骸，它一定傷心欲絕。

沒想到，尼斯羅克瞬間收起悲傷，噌地落到「黑鷺」頭頂，亢奮地用六隻爪子踩他的腦門兒，還嗚嚕嚕叫個不停。

大家恍然大悟，尼斯羅克是在催促白鷺導師趕緊完成泰明導師的託付。不愧是精衞，真堅強！

小刺鈍也擺動着尾巴，在「黑鷺」身邊游來游去。

「黑鷺」伸手從「白鷺」的貼身衣袋裏掏出一塊黑色石頭，石頭的大小和布布路曾經擁有的那塊金盾差不多，表面黑乎乎的，毫無光彩。難道這就是蘊藏着巨大威力的達摩能量核？

轟轟轟！

就在這時，頭頂傳來一陣驚天動地的巨響。大家急忙爬出窟窿，就見空間頂部赫然坍塌出一個大洞，一頭頭巨大的長角獸像下雨似的噼里啪啦掉下來，不一會兒的工夫就堆成一座「長角獸山」，而且，長角獸們全都暈頭暈腦，似乎在摔下來之前就被打暈了。

最後，只見一個人一躍而下，穩穩地站在「長角獸山」的山頂，居高臨下地俯視着眾人。

包括雙子導師在內，所有人都露出如臨大敵的表情，只有布布路目露崇拜地驚歎道：「哇噢噢噢，多可薩居然把這麼多長角獸都打敗了，好強啊！」

任務學分評級測試

Q06

你終於找到了導師，但追兵也來了，此時你會怎麼做？

A. 質問導師真相 ——（前往第9題）

B. 和導師一起逃脫 ——（前往第8題）

C. 幫助追兵逮捕導師 ——（前往第7題）

■即時話題■

布布路：白鷺導師，您出現得好及時，正好救了我們所有人！

白鷺：那是因為我感應到黑鷺就在附近，而且他的情緒焦躁又緊張，像是遇到了危險。

餃子：天哪，難道雙胞胎具有心電感應能力的傳說是真的？我還以為之前黑鷺導師是為了糊弄銀老大而胡說八道的。

黑鷺：嗯……也不算是胡說八道。

白鷺：準確來說，是我對他有心電感應，他對我沒有。

賽琳娜：這還能有差別？是因為雙胞胎之間的感情不對等？

布布路：不對等的意思是說白鷺導師對黑鷺導師感情更深，所以才單方面對黑鷺導師有心電感應嗎？

黑鷺：不可能，明明是我對我哥的感情更深！

白鷺：不是感情差異的問題，這是與生俱來的天賦！

銀老大：我說，你們城裏人真會玩！能不能別在這麼危險的地方討論這些有的沒的？

完成這個測試後，你可以判定自己作為一個怪物大師預備生在本次的任務中所獲得的學分評級。

測試答案就在第十七部的233頁，不要錯過喲！

這是成為怪物大師的必經之路!!!

MONSTER MASTER
A NOVEL DREAMER

尊敬的讀者：現在你跟隨布布路一起踏上了成為怪物大師的道路！向所有的困難發起挑戰吧！

泯滅的靈魂碎片
MONSTER MASTER 17

新世界冒險奇談
第十三站 STEP.13
多層煉金術陣
MONSTER MASTER 17

將錯就錯的對戰

　　眾人心中歎了一口氣，在這兵臨城下的緊要關頭，布布路居然沒有絲毫危機感。

　　多可薩解決掉了一大堆的長角獸之後，只是懶懶地拍了拍手，仿佛沒睡醒般地打了個呵欠，就像秋天成熟的稻穗一樣垂着頭，但他射向大家的目光卻十分犀利。最後，他的目光定格在「白鷺」身上，沉聲命令道：「白鷺，把達摩能量核交出來，然後束手就擒，跟我回管理協會聽候發落，否則別怪我不

客氣！」

「你說甚麼？」「白鷺」兇巴巴地對多可薩吼道，「你要殺掉我哥……不，我？」

糟糕，多可薩認錯人了！黑鷺導師又讀錯唇語了！

布布路他們大冒冷汗，用眼神相互溝通：咱們要不要幫忙解釋一下啊？

多可薩微微揚起了頭，用審視的目光上下打量着「白鷺」，看不出喜怒地開口勸誡：「白鷺，我本來以為比起你那個暴脾氣的弟弟，你的神志至少是正常的……」

他話音未落，就被「白鷺」粗暴地打斷了：「你才神志不正常呢！竟敢罔顧怪物大師管理協會的意圖，想要動私刑，真是豈有此理！」

這次「白鷺」讀對了，他暴跳如雷地朝多可薩衝過去。

多可薩也不遑多讓，他看似不經意的一個抬手擋下了「白鷺」的攻勢，緊接着反手就是一個肘擊，擦過「白鷺」的臉頰，留下一道挫傷。

「白鷺」徹底被激怒了，一個飛踹用盡了全力，直逼多可薩的心窩。這一擊攻得又快又狠，儘管有幻影魁偶的保護，多可薩還是被凌厲的攻勢逼退了好幾步。

看來黑鷺導師的格鬥術也練得爐火純青。布布路四人很快回想起當初在預備生考試中他對布布路的那一場，儘管有所保留，但僅憑他使出的招數和出招的速度就足以讓人眼花繚亂了。

不過，布布路他們也親眼見識過多可薩的厲害，他可不是輕易就能被打倒的。

　　只見多可薩迅速做出了調整，語氣平淡地下了指令：「幻影魁偶，斗轉星移！」

　　接下來，「白鷺」對多可薩使出的每一招每一式，都會以百分之百的力量反作用到他自己身上。多可薩好整以暇地靠着借力打力這一招，舉重若輕地就化解了「白鷺」的凌厲攻勢。

　　「白鷺」的臉色黑如鍋底，惱火地吼道：「一尾狐蝠，翼之刃！給我把這傢伙身上的那層保護膜給撕成碎片！」

　　身為白鷺的怪物，即便主人體內的靈魂換了一個人，一尾狐蝠還是聽令張開翅膀，形成三角刀刃，徑直朝着多可薩切去！

　　多可薩則抬起了眼皮，準確地讀取一尾狐蝠的進攻路線，命令幻影魁偶在不同的方位做出不同的防禦。

這兩人，一個是怪物大師管理協會的精英，一個是摩爾本十字基地的導師，一開戰就是如火如荼，完全沒有讓布布路他們插入調停的間隙。

大家頓覺焦頭爛額，只能瞄向「黑鷺」，期盼他來給這場錯誤的戰鬥畫上句號。

沒想到，「黑鷺」不以為然地說：「讓他倆打一會兒吧，剛

好給我爭取點兒時間，研究一下怎麼開啟煉金術陣。」

說着，他一個人慢慢踱着步子，專注地盯着地面，也不知道在看甚麼，尼斯羅克和小刺魨則緊跟在他身後。

「喂，你們不去幫自己的導師打那個睡不醒的男人？」對於突然到來的多可薩，銀老大擺出了同仇敵愾的態度。

「別添亂！」銀老大被帝奇的這聲呵斥鎮住了，仔細看向布布路四人，發現他們的神情相當凝重。

事實上，布布路他們都替黑鷺導師捏了一把冷汗，若是原來的他，應該能和多可薩勢均力敵地鬥一鬥，但現在他和一尾狐蝠之間毫無默契，就算他不斷主動發起攻勢牽制住多可薩，一尾狐蝠也做不到見縫插針地去破壞加在多可薩身上的「防護膜」。

「我們只能乾看着嗎？」布布路按捺不住了，擼起袖子，準備衝進戰局中去。

「不要去！」「黑鷺」沉聲喝止，不知何時已回到眾人身旁，尼斯羅克停在他的頭頂，興奮地直撲扇翅膀。

「我找到了……」「黑鷺」聲音顫抖地說，「泰明導師所說的煉金術陣就銘刻在這一層的地面上，我要開啟它，黑鷺會幫我牽制住多可薩的，而你們……我不希望把自己的學生牽扯進這件事，所以你們甚麼都別做！」

四個預備生僵住了，他們第一次發現，充當旁觀的路人，比衝上去來一場驚心動魄的對戰，壓力大多了。這種「有忙不能幫，有勁無處使」的處境太讓人難受了！

小刺魨的重要提示

「黑鷺」交代完畢，注意力又轉回了地面。這一回，他看得更仔細了。布布路他們也趕緊跟了上去。

灰塵遍佈的地面上透出晦暗複雜的圖形，細心觀察，會發現這是由一個個巨大的多邊形和圓形套疊在一起構成的圖案，就像一張精密的巨型地氈在開闊的空間鋪展開。

「天哪，這難道是多層煉金術陣？」賽琳娜的腦中靈光一閃，不可思議地叫出聲來。

「多層煉金術陣？」布布路可聽不懂這種專業術語。

「多層煉金術陣是很複雜很少見的。」賽琳娜額頭上冷汗直冒，「你們看，這些巨大的圓形圖案就是一個個小型煉金術陣，它們環環相扣，匯集成了一個更為龐大的煉金術陣，也隱藏住了龐大煉金術陣的陣心。如果我沒猜錯的話，這是一種高階的防禦機制，倘若不小心開錯了大陣的陣心，小煉金術陣就會啟動，觸發無法預測的危險！」

「你說得沒錯，」「黑鷺」認同地說，「我和黑鷺會發生靈魂互換，恐怕就是因為意外觸發了某個小煉金術陣！」

「那您找到大煉金術陣的陣心了嗎？」餃子憂心忡忡地問。

「煉金術講究圓滿流動的力量，按理說應該是在場地的中央。」「黑鷺」語氣猶豫，看來用常理來觀察並無頭緒。這時，那條小刺魨游上前來，對着「黑鷺」搖了搖尾，見「黑鷺」注意到了它，隨即奮力朝一角游去。

大家立即明白了小刺魨的意思，緊隨其後走過去。賽琳娜眼睛一亮，拍掌道：「我懂了，這一定就是大陣的陣心！」

　　布布路他們迷茫地看着她，唯有「黑鷺」點着頭。

　　賽琳娜指着角落裏的那個三角圖案說：「你們看，它就像一個起點，所有的小煉金術陣都是從它發散展開的。」

　　這麼看來，的確如此，這龐大的煉金術陣就如同一張巨大而又密集的蜘蛛網，而此處就是編織網的起點。

　　帝奇機敏地與餃子交換了一個眼神：這條小刺魨居然如此了解這裏的煉金術陣，恐怕不簡單！

「黑鷺」深吸一口氣，握緊達摩能量核，走向陣心。

布布路他們屏息凝神地等待着，這可是巨人族遺留下的煉金術陣啊！一旦開啟，究竟會發生甚麼呢？是揭開泰明導師留下的謎團，還是觸發一場無法預料的災難？

眼看「黑鷺」就要將能量核放入陣心，突然一隻手猛地擒住他的手腕，是多可薩疾步衝了過來。他語氣沉重地警告道：「白鷺，你知道這樣做會引發甚麼後果嗎？」

「你終於發現自己認錯人了。」「黑鷺」平靜地說，眼角餘光卻瞄向遠處，「白鷺」暈倒在地，銀老大正不知所措地繞着他打轉。

「你為甚麼要執意開啟煉金術陣？」多可薩臉上漫不經心的表情一掃而空，十分嚴肅地說，「無論你有甚麼理由，我都要阻止你！別妄想讓你弟弟冒充你來拖延我了，他根本不是我的對手。」

唉，原來多可薩並沒看透真相啊！

「黑鷺」顯然不想與多可薩多說。他左手飛速以掌運氣，腕關節隨之轉動，兩人的手在空氣中沉穩地遊走，你推我往，

我進你退。速度都不快，力道似乎也不大，但幾個回合之後，多可薩的額頭卻滲出大顆的汗水，面色也蒼白了幾分。

餃子深諳古武術之道，看得嘖嘖稱奇：「白鷺導師比我們想像中還要深藏不露，以他的實力，加入暗部絕對綽綽有餘！」

多可薩雖然暫時落了下風，但依然一副不慌不忙的神色，低聲勸誡白鷺道：「你應該很清楚，幻影魁偶會借力打力，你對付的不只是我，還有一部分的你。拖延下去只會對你不利。我勸你還是迷途知返，現在停手還來得及。」

「想讓我放棄，唯一的辦法就是打敗我！」「黑鷺」毅然決然地說，「否則，今天我一定要揭開真相，搞清楚泰明導師要堅持的正義究竟是甚麼！」

「原來你想知道這個，」多可薩目光一沉，高深莫測地說，「那你不用開啟這座煉金術陣。你只需仔細看看這岩石群就可以找到真相。」

岩石群的驚人真相

這岩石群果然有問題！大家心知肚明，但究竟有甚麼特別，多可薩故意打啞謎。

「黑鷺」沒有因此撤招，而是對着四個預備生喊話道：「雖然我不想把你們牽扯進來，不過現在也只能麻煩你們仔細看看，這岩石群到底藏了甚麼名堂！」

布布路他們總算有了用武之地，立刻跳上被多可薩打出來

的大洞，從上層俯視起岩石群；餃子也拉下一截狐狸面具，睜開天眼，視線在岩石群裏穿梭；帝奇和賽琳娜則靠近了岩石，一邊觸摸，一邊前後左右把岩石打量了個夠。終於，他們有了發現——

「這些岩石的紋理好奇怪，就像是……」

「就像是人類肌肉的線條，只是被放大了無數倍！」

布布路說到一半就詞窮了，聽到帝奇的補充，不由得猛點頭。

「莫非這些岩石的真面目是……被石化的巨人？」餃子驚得渾身顫抖起來，在天眼的視線裏，他清楚地分辨出這些起伏的岩石輪廓，赫然就是一個個將頭埋下、身體蜷縮起來的巨人。

賽琳娜瞪大了眼睛，詫異地喃喃自語：「剛剛的戰鬥中，這些岩石還流出了血，所以他們是……活着的嗎？」

「天哪！白鷺導師，巨人被石化了！巨人還活着！」布布路手舞足蹈地大吼大叫着，衝回多可薩和「黑鷺」的面前。

「黑鷺」如夢方醒，心中似乎明白了甚麼，他撤了招，又往後退了一步，目光灼灼地盯着多可薩說：「請把你知道的都告訴我。」

「雖然我知道的也不多，但如果能讓你改變心意的話，我就告訴你。」多可薩審視了「黑鷺」片刻，終於緩緩道來，「因為被委派了追回達摩能量核的任務，所以管理協會的上層告訴了我一些機密信息——二十六年前，暗部曾派DK4暗訪過幽靈島，目的是探測島上是否存在對人類文明產生威脅的隱患，

我們所在的這座建築名為『神之塔』，是薈萃了巨人族最高文明的地方。神之塔內深藏着數量眾多的巨人族遺民，據說如果用達摩能量核開啟巨人族留下的巨型煉金術陣，就能使這些石化的巨人復活！」

「我明白了，暗部認為這些石化的巨人族遺民是隱患，想要徹底消滅他們？於是泰明導師便出手阻止了這次行動？」賽琳娜的語氣明顯很不認同這種做法。

「不，由於 DK4 的隱瞞，暗部當時並不知道巨人族遺民的事。」多可薩面色凝重地說，「但即使不知道這個祕密，暗部仍然在十三年前下了要炸毀神之塔

的指令。」

「暗部的一切行動，都以維護人類文明和世界和平為準則，只要是威脅到這兩者的存在，暗部必定會不惜一切代價將之鏟除。」「黑鷺」的眼中透出了一絲複雜的神色，他終於明白了，泰明導師所堅持的正義和信仰就是 —— 守護生命！

「泰明曾在日常的探討中對我說過，他認為藍星上一切有情感和意識的生命都是平等的，我們應該尊重每種生命的存在形式。因此不難猜測，他察覺到那些岩石是還活着的巨人族遺民時，必然不忍抹殺他們的存在。而這與他的任務初衷卻是相悖的，在這樣的矛盾中，他選擇了堅守自己的信念，不惜犧牲自己的生命，保住了巨人族的『化石』。」

「黑鷺」閉上眼睛，似乎在強忍住內心的激動，低聲道：「泰明導師……我以您為榮！」

泯滅的靈魂碎片
MONSTER MASTER 17

新世界冒險奇談
第十四站 STEP.14
人類的黑暗史
MONSTER MASTER 17

▇場必要的爭論

　　泰明導師和白鷺導師之間亦師亦友的牽絆和情感，讓大家
深受感動。

　　如今，泰明將自己未竟的事業轉交到白鷺手上 —— 是讓
巨人族復活，還是讓他們永遠消失，這是一個無比沉重的抉
擇，也是滿懷信任的託付，更是導師留給愛徒的最後一堂實戰
考驗課……

　　「黑鷺」攢緊手中的達摩能量核，想到這小小石塊竟然背

負了如此沉重的東西，感覺到它的分量異常之重。

「我說，難道你們真的要復活巨人族嗎？」銀老大哆哆嗦嗦地從喉嚨裏發出聲音，他看起來滿臉驚惶，五官幾乎要皺成一團。

「白鷺，我很理解你的心情，但若你真要復活巨人，我絕不會袖手旁觀！」多可薩抬起眼皮，語氣充滿了警告的意味。

「為甚麼你們不同意復活巨人啊？」布布路響亮地抽了一下鼻子，不明白這有甚麼好猶豫的，「既然這些巨人都有生命，難道不應該復活他們嗎？」

「沒這麼簡單。」賽琳娜咬了一下嘴唇，焦慮地說，「巨人族曾以霸權者的姿態存在於藍星，他們殘酷地鎮壓和蹂躪過人類和侏儒，並最終走向滅亡。現在，藍星上各個種族之間維繫着微妙的和平，這個時候復活巨人族，難免會引發混亂！」

「的確，之前在沙魯和巨人索加交手，我到現在還會感到後怕，他和他的怪物饕餮是多麼恐怖的存在！而這裏有這麼多的巨人，我簡直不敢想像一旦他們都活過來，將會釀成一場何等可怕的災難！」餃子說着，身體不由得打了個激靈。（詳見《怪物大師・來自地底的至尊魔器》）

布布路卻不贊成餃子和賽琳娜的說法，他一臉認真地說：「我爺爺說過，一切虐殺生命的行為，都是罪惡的！不復活他們，我們怎麼知道他們內心的真實想法呢？萬一巨人們不都像索加那樣殘暴無情呢？萬一他們想和人類做朋友呢？你們說巨人族曾經稱霸世界，那麼我們人類呢？我們現在不也是在充當

着世界霸主的角色嗎？我們是不是也應該被滅絕呢？」

「嗚嚕嚕！」

「咕嚕咕嚕！」

布布路一番慷慨激昂的發言贏得了尼斯羅克和小刺魨的支持。

「善與惡就像是一把中間有記號的刻度尺，每個人的記號都不同，而暗部早就以大多數人的標尺做出了決定。」帝奇神情冷峻地提醒道，「既然暗部圍繞幽靈島部署任務已經二十六年了，我不覺得他們會因為十三年前的失敗就放棄，相信他們很快就會有所行動！」

帝奇點透了眾人心中的憂慮，「黑鷺」面色陰沉地說：「我明白，如果現在不復活巨人，以後很可能就沒有機會了！為了現世的和平，暗部一定會想盡辦法徹底滅絕巨人族！」

「但如果巨人族真如傳說中那麼兇惡殘暴呢？」銀老大仍然堅持自己的立場，急切地反駁道，「你執意復活他們就是給其他生命帶來危害！巨人族可是會吃侏儒的……而我們人類在他們眼裏就是奴隸，就是牲畜！歷史寫得清清楚楚，巨人族屠殺人類和侏儒！所以他們被毀滅是咎由自取！」

蝶骨契約

眾人間的火藥味漸漸濃重起來，這時，一個震山響的大噴嚏傳來：「阿 —— 阿嚏 ——」

「白鷺」醒了過來：「可惡的多可薩！你居然偷襲我⋯⋯咦？」他喊到一半，眼睛突然成了對眼兒，因為他發現鼻尖上正停着一隻幽冥之蝶。

大家見狀全都流露出警惕的神情，只見幽冥之蝶薄如蟬翼的翅膀上，隱隱浮現出兩片唇形的奇怪紋路，更詭異的是，那兩片唇形紋路居然翕動起來，發出了紅帽子商人尖細的聲音——

「哎呀呀，不好意思，打擾了各位如此精彩的辯論。不過，我和DK4之間有筆陳年舊賬要結清，不勞煩大家，我自個兒處理就好！請大家繼續，繼續！」

紅帽子裝模作樣地致歉，擺明了是要引起大家的關注，泰明導師都化作一堆白骨了，怎麼跟他結清舊賬？

「紅帽子，」看到幽冥之蝶，多可薩面色一沉，但仍維持着漫不經心的語調，「難道你不打算先給我一個解釋嗎？」

眾人吃了一驚，紅帽子和多可薩之間又有甚麼糾葛？

「我之前追蹤你們到蜜雪鄉，紅帽子用陷阱擊沉了我的龍首船⋯⋯」多可薩拖長了音調，冷冷地質問道，「紅帽子，你刻意拖住我的腳步，此時又出現在這裏，不會是另有陰謀吧？」

「哼，我們紅帽子做事，向來不需要跟任何人解釋。」紅帽子發出一聲輕笑，幽冥之蝶緩緩停落到泰明的頭骨上。

蝶翼上的嘴唇輕吻在頭骨的眉心處，霎時間，銀光閃現，順着頭骨的眉心，變魔術般地又飛出一隻銀灰色的幽冥之蝶！

眾人看得目瞪口呆，「黑鷺」警惕地問：「紅帽子，你對泰

明導師的遺骨做了甚麼？」

「照規矩，紅帽子做買賣無須向旁人解釋，不過既然我之前答應了白鷺先生您，不會隱瞞任何關於泰明的事，那麼請容我向您說明。」紅帽子的聲音從幽冥之蝶的蝶翼中輕輕飄出來，「其實每個人的腦袋裏都住着一隻『蝴蝶』！在人類顱骨的眉心下，有一塊非常脆弱的蝶形軟骨，名為蝶骨。蝶骨中存放着此人一生的喜怒哀樂，包括那些不為人知的小祕密。紅帽子多年來都與泰明先生保持着生意往來，竭盡所能地為他提供所需要的情報，是因為他簽下了最高級別的契約 ——在他死後，那塊蘊藏着他一生祕密的蝶骨，將歸紅帽子所有。」

原來所有的幽冥之蝶都是死者顱骨中的蝶骨！這就難怪紅帽子無所不知了，通過這些活化的蝶骨，紅帽子等於是掌握了亡者一生的記憶和祕密啊！

「說起最高級別的契約，紅帽子可不是跟誰都簽訂的，選擇的對象限於才華橫溢的能人，擁有崇高情操的賢者，又或是超然物外的隱士。這些人對世事的觀察通常更為敏銳、通透，從各個角度影響着世界，從他們身上可以挖掘到的信息和情報可比普通人的有價值多了。」幽冥之蝶在半空盤旋了一圈，幽幽地飛到「黑鷺」面前，「所以，白鷺先生，您是否願意跟我簽訂一份最高級別的契約呢？」

「那要看你有沒有讓我感興趣的情報了。」「黑鷺」不動聲色地說。

「這是當然！」紅帽子狡黠地笑出聲來，「嗯……讓我來看看，泰明的蝶骨裏都存放着甚麼樣的祕密……啊哈，二十六年前，他獨自查探幽靈島……噢！這可是牽涉到巨人族滅亡的遠古真相，足以改寫人類歷史的回憶！」

紅帽子語調誇張，循循善誘般問道：「白鷺先生，不知您對這個情報有興趣嗎？如果您願意跟我簽訂一份最高級別的契約，不僅是 DK4 的記憶，我們願為您提供任何紅帽子已知的與您本人相關的情報喲！」

「黑鷺」動心了，他猶豫地看向了「白鷺」，他們的靈魂發生了互換，不知道能否換回來，如果與紅帽子簽下契約，最終被取走的蝶骨是誰的呢？

「白鷺」回望「黑鷺」，因為失去耳膜，整件事情「白鷺」聽得斷斷續續，但仍欣然道：「哥，不管發生甚麼事，我都會和你同進退；不管你做甚麼決定，我都會無條件地支持你！你不

用想那麼多，遵循你內心的聲音去做就好。」

兩人相視一笑，顯然讀懂了對方的心意。

「紅帽子，我跟你簽訂契約 ──」「黑鷺」頓了頓，極其嚴肅地強調說，「但你要記住，跟你簽訂契約的人是我 ──白鷺，不是我弟弟黑鷺。」

「成交！」帶有唇形紋路的幽冥之蝶在雙子導師的眉心各自輕吻了一下，算是契約成立。

另外那隻由泰明的蝶骨幻化成的幽冥之蝶翩然翻飛，在空中不斷播撒下銀灰色的粉末，過去的畫面漸漸浮現出來……

DK4 的真實調查報告

在一家高級餐廳裏，泰明看似正獨自享受着悠閒的下午茶時光，但實際上，與他背對而坐的客人正用低啞的聲音向他傳

達任務，對方應該是暗部的成員。

「明天早上，從黃金海岸出發，到第五海域的西南角勘探幽靈島。」

「第五海域的西南角？那可不是甚麼好地方⋯⋯暗部每隔幾年就去探訪一次，哼，看來那裏有甚麼值得如此重視的東西啊，對嗎？」泰明扯了扯嘴角。

「DK4，身為黑暗潛行者，你知道我不能透露更多信息⋯⋯」對方嚴肅地提醒道。

泰明輕笑一聲：「那我以多年好友的身份問呢？」

對方像是喝水被嗆到了，一陣咳嗽後，清了清嗓子說：「我們只是認識的時間長，還算不上甚麼好友。我只能

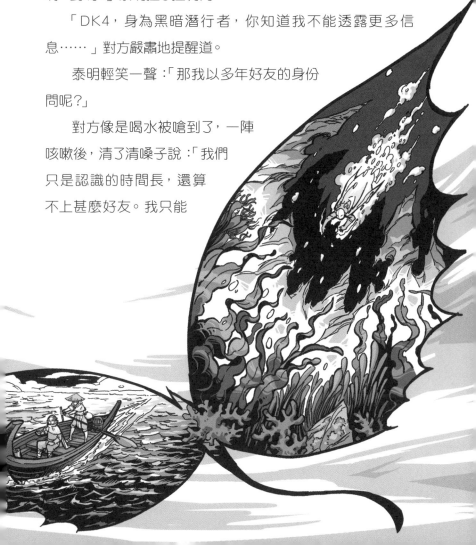

提醒你，幽靈島位於連地圖都沒有標識的百分之十的未知區域，由於深海的壓力太大，還沒有人成功登過島，不過我們最近終於發現它每隔十三年會從深海浮起，進入可勘測的海域。現在的時機剛剛好，希望你能成為第一個成功登島的人，畢竟上面的那群人可是期待着看到一份漂亮的報告！」

泰明又笑了笑：「我盡力而為。」

「DK4，好自為之。」對方起身結賬，離開前又說了一句，「要平安歸來。」

畫面一轉，泰明站在了一扇巨大的石門前，正是布布路和銀老大進入的地方。泰明神情凝重地看着石門上鑴刻的巨大文字，對身旁的尼斯羅克傾訴道：

「遠古時代，巨人因為力量強大而驕傲自大，侏儒因為弱小而卑鄙狹黠。巨人貪戀侏儒的肉質鮮美，對他們大肆屠戮，侏儒族幾乎被滅絕，不得不躲進暗無天日的地下。在三族大戰中，唯有人類靠着智慧和不屈的意志，取得了最終的勝利，並在今天站到藍星食物鏈的頂端。這就是眾所周知的藍星歷史。然而，歷史總是由勝利者書寫的，有誰會想到，關於巨人、侏儒和人類三族的淵源竟是如此不堪……」

原來泰明認出石門上所銘刻的，是他曾研習過的巨人族的「天啟文」，這些仿佛用盡了生命的力量鑴刻下的文字讓他震驚不已。因為上面記載的，是一段被勝利者抹去的黑暗歷史：弱小的侏儒之所以會淪為巨人的盤中餐，竟是源自人類的陰謀！

巨人族擁有驚人的力量，因此驕傲好戰，但他們的天性並不殘忍；侏儒們則是天生的能工巧匠，又相當勤勞，雖然喜歡金銀財寶，但並不狡詐。

巨人雇用侏儒為自己工作，打造各種精密的物品和武器，支付給他們不菲的酬勞，此外，巨人們也會樂於與侏儒們共享他們獵捕到的戰利品。

那時，兩族之間的關係可說是互利互惠。反倒是人類，既沒有巨人族的力量，又不具備侏儒族的靈巧，只能艱難地生存在兩族的夾縫中。

歲月如梭，在侏儒們的協助下，巨人族的技術和文明有了長足發展，開始顯現出凌駕於其他物種之上的霸主姿態。為了扭轉日益艱難的生存處境，人類不得不運用自己最大的天賦 —— 智謀，來離間巨人族和侏儒族。被選中的離間工具，正是如今早已絕跡的夢幻調味料 —— 彩虹草。

人類用煉金術將彩虹草提純，製作成可以滲入並根植於生物細胞內的藥劑，然後悄悄地混入侏儒族的飲食中。長此以往，侏儒族的身體攝入了彩虹草的成分，開始釋放出美味可口的氣息。

由於人類依據巨人族的飲食特點，嚴格控制了藥的劑量和濃度，所以侏儒族釋放出的香氣，僅對體形龐大的巨人起作用，只要聞到侏儒們身上的味道，巨人們就會食指大動，萌生出強烈的食慾！然而，人類的陰謀並不止步於此，他們製造的藥劑中還添加了一種針對巨人的慢性毒素，吃下侏儒之後，毒

素也隨之滲透到巨人的體內，他們的力量會在不知不覺中慢慢衰弱，直到徹底喪失行動能力……

　　就這樣，侏儒成了巨人的盤中餐。侏儒們被巨人族殘酷追殺，無路可走，只能投奔人類；與此同時，在世人眼中化身為「食人魔」的巨人族也逐漸衰落，失去力量。

　　等到三族大戰爆發，人類早已佔盡優勢。結果可想而知：巨人族滅亡，侏儒族隱沒於地下，人類成為藍星食物鏈的霸主，他們重寫歷史，瞞天過海欺騙世人。

　　輝煌一時的神鑄大陸也只剩下粉末般的碎片，因為恰巧位於兇險的深海僥幸留存下來。若非石門上用力刻寫的文字，巨人族滅亡的歷史真相也勢必永遠湮滅……

泰明站在神之塔底部，看着寫在石頭上的殘酷歷史真相，內心發生了天翻地覆的變化。一直以來，他將暗部的任務視為唯一的正義，並當成信仰去執行，直到這一刻，他產生了動搖……

任務學分評級測試

 07　你和身邊的同伴都陷入了困境，有人願意搭救你們，但要求你們中的一個人與他簽訂一份出賣自身祕密的契約，你會怎麼做？

A. 自己毫不猶豫地簽約 ——（前往第 9 題）

B. 自己寧死也不簽約 ——（前往第 8 題）

C. 猶豫不決，暗自期待同伴願意簽約 ——（你的學分評級為 D）

■即時話題■

多可薩：我這輩子都會記住蜜雪鄉的那個紅帽子！

餃子：咦，大叔你的口氣有些咬牙切齒啊！不就是被紅帽子妨礙了對我們的追蹤嗎？用不着這麼記恨吧！

多可薩：問題是被紅帽子擊沉的龍首船是我的私有物，配備閃亮牌超大渦輪推進器，全世界限量的十艘之一，出廠編號是 0423，與我生日是同一天……

賽琳娜：沒想到多可薩居然是個龍首船的發燒友！

餃子：這點確實出人意料，畢竟他總是一副生無可戀的懶散樣。

多可薩：誰……生無可戀了？

餃子：呵呵，我開玩笑的，您有戀，您戀的就是龍首船。

多可薩：但它已經離我遠去了……那一瞬間，還真是生無可戀……

完成這個測試後，你可以判定自己作為一個怪物大師預備生在本次任務中所獲得的學分評級。

測試答案就在第十七部的 233 頁，不要錯過喲！

泯滅的靈魂碎片
MONSTER MASTER 17

新世界冒險奇談
第十五站 STEP.15

理性的抉擇
MONSTER MASTER 17

死而不朽的導師

「我曾經以為暗部的任務是絕對正義的，即便要一輩子默默無聞，終身與黑暗和孤獨為伴，但我只要能守護世上的正義與真理，便是值得的！但現在，面對歷史的真相……我……」泰明的聲音止不住地顫抖，顯然心中的信仰已經崩塌了。

半晌，他才下定決心般說：「尼斯羅克，從今天起，我要為人類犯下的罪行贖罪……我要復活這些巨人族的遺民！」

畫面碎裂成銀色的粉末，但隨着泰明的記憶而出現的畫

面卻在眾人心中揮之不去，當人類的黑暗史真實地展現在眼前時，他們不得不拷問自己的內心，甚麼才是正確的選擇？

「現在已經不單純是復活巨人族遺民的問題了！」多可薩緊皺着眉頭，聲音沉重得如同背上了難以負荷的枷鎖。他陷入了思索之中。

「復活巨人族遺民將影響無數人的命運，甚至改變藍星現有的種族格局。暗部絕不會允許人類的黑暗歷史重見天日，為了維繫人類的文明、捍衛現有的歷史，不光是巨人族遺民，連我們這些知情者都會成為被根除的目標！」「黑鷺」緊抓着達摩能量核的手關節發白，臉色也如死人一般慘白。

「白鷺導師，我們應該怎麼辦呢？復活這些巨人，然後一起亡命天涯嗎？」由於這個話題過於沉重，餃子的腦袋裏堆滿了窮途末路的悲劇想像，「唉，泰明導師倒是輕鬆地永眠了，卻給我們留下這麼大一個難題啊！」

「永眠？難道你們到現在還沒發現，泰明一直就在你們身邊嗎？」紅帽子的聲音驟然響起，帶着一點戲謔的味道。

「媽呀，泰明導師不會是陰魂不散吧？」餃子打了個激靈，警惕地往泰明白骨所在的方向看了看。

「長生殿下，您太幽默了。」紅帽子尖聲尖氣地說，「我就再贈送各位一個情報吧，神之塔內的小型煉金術陣最基本的防禦功能就是靈魂轉換，這一點在白鷺先生和黑鷺先生身上已經得到了印證。除此之外，十三年前的爆炸導致很多小陣被觸發，攻擊你們的人形海葵裏也被置入了人類的靈魂，它之所以

對你們發出攻擊，大概是因為生存的本能讓它渴望得到你們的肉體獲得重生吧。所以，你們不妨猜猜看，泰明的靈魂又在哪裏呢？」

又來了，紅帽子總是用故弄玄虛的方式來吊人胃口。

沒等布布路他們給出反應，紅帽子又自顧自地說：「好了，賬結了，約簽了，該說的也說完了，我就不打擾各位了，我們後會有期！」兩隻幽冥之蝶倏然消失在空氣中。

「喂，紅帽子，你別走啊，你還沒告訴我們泰明導師在哪裏呢……」布布路心急地向前撲去，差點兒迎面撞上了小刺魨。

這時，「黑鷺」一把拉住了布布路，目光落在小刺魨身上。

「難道……是您嗎？」「黑鷺」向小刺魨伸出手，仿佛想要確認事情的真實性。

難道白鷺導師想要摸它嗎？剛剛四不像被小刺魨扎得哇哇直叫，大家還記憶猶新。眾人睜大眼注視着，四不像也坐到布布路頭頂上，幸災樂禍地等着看好戲。

可是，當「黑鷺」的手指碰到小刺魨的瞬間，小刺魨不僅沒鼓起刺，反而用胖嘟嘟的身體蹭了蹭「黑鷺」的手指。

「泰明老師！」「黑鷺」仍然是一副鎮定的表情，但眼眶卻微微紅了。

「布魯！布魯！」四不像不服氣地在布布路頭上跺腳，不屑地吐着舌頭。

餃子忍不住打趣道：「沒想到剛剛畫面中高冷的泰明老師，

竟然變成了這麼可愛的小刺鈍！」

大伙兒被逗笑了，小刺鈍聽到餃子的話又氣得忍不住鼓成了刺球，大家這下笑得更歡了。

「難怪剛才對戰的時候『白鷺』的戰鬥力變得這麼差，」多可薩訕笑了一聲，「原來是你們的靈魂發生了置換，我還以為……」

「唧，唧，唧。」

氣氛剛剛舒緩起來，一尾狐蝠卻發出三聲短促的警告，似乎發現了甚麼。

「黑鷺」面色一緊，警惕地說：「一尾狐蝠的聲波感應系統顯示，有人在靠近！而且對方的路線很明確，顯然對神之塔的地形很熟悉……」

難道是暗部的人來了？眾人緊張不已。

冰釋前嫌

「黑鷺」眉頭緊鎖地開口道：「雖然我和黑鷺發生了靈魂互換，但和一尾狐蝠的心電感應仍然保持着。黑鷺與多可薩交手的時候，我對它下了兩個命令，一個是全力配合黑鷺作戰，另一個是開啟聲波感應系統。一尾狐蝠發出的超聲波會迅速在空氣中呈圓弧狀擴散，如同在湖面上不斷蕩漾的漣漪，最大擴散半徑可達二十公里。一旦有生物踏入超聲波範圍內，一尾狐蝠就能通過波長的改變，準確地判斷出生物的數量和體積。所

以我很確定，有一個人在靠近！」

　　「跟弟弟相比，你這個哥哥還真是不容小覷！」多可薩掀起眼皮，悶聲道。

　　「來了——」「黑鷺」對「白鷺」使了個眼色，兩人行動起來。

　　「哇，幹甚麼！打架嗎？！」在兩人的夾擊下，一個黑黢黢的人影像觸電似的跳起來，叫聲尖厲刺耳。

　　咦？這聲音有點耳熟……布布路他們還在思考，銀老大已經顫顫巍巍地衝過去喊道：「金老大，你怎麼來了？！」

　　來人身材矮小精壯，正是銀老大的老冤家，黃金海岸漁業協會的會長——金老大！

　　金老大一臉怒氣，兩撇金鬍子一翹一翹，生氣地衝着眾人咆哮道：「你們這群傢伙真是可惡！居然不聽我的話，偷偷溜進禁區海域！」

　　「那是你定的禁區！」銀老大不買賬地反駁道。

　　「是你帶他們來的吧？你根本不明白這個鬼地方……」金

老大瞪了一眼銀老大，但當他的目光瞟到「白鷺」後，瞳孔驟然收縮了一下，像是回憶起了甚麼，聲音走調地說，「我們見過面吧 —— 十三年前，我給你和幾個戴面具的人帶過路！」

「白鷺」一臉困惑，「黑鷺」站了出來：「你是當年那個領路的漁夫！」

「哦，是你。」金老大明白自己認錯了人，來回打量了一番雙子，「你們是雙胞胎吧？在碼頭你說自己是甚麼導師時，我就覺得有些眼熟，不過神態差得太多，我不敢輕易認。不過……印象中你長得更像……」金老大又轉頭看了看「白鷺」，「算了不說這個，當年你我一起經歷過那場噩夢般的爆炸，那你就該明白我為何把這片海域設為禁地，阻止人們進入這裏冒險。我奉勸你們趕緊離開，免得……」

「阿金！」金老大話說到一半，就被銀老大一把抱住，金老大嚇了一跳，趕緊把銀老大推開，沒想到銀老大對着他放聲嗚咽起來，「我終於明白你的良苦用心了！我們始終是好兄弟，從小穿一條褲子長大的好兄弟！嗚嗚嗚……是我目光短淺，對你誤會重重。十三年前，你突然性格大變，開始疏遠我，我以為是你掌權後變自大了，所以處處與你對着幹，導致我們的關係越來越差！可現在我都明白了，你在這座島上受了莫大的刺激，我應該多多關心你的，都是我的錯！阿金，原諒我吧！」

「好了，我明白的，這不怪你……不過現在不是訴衷腸的時候，你們得趕緊跟我離開這裏！」金老大的聲音中充滿了忍耐，布布路他們同情地看着他，因為銀老大正將眼淚和鼻涕往

他身上蹭。

「那可不行。你十三年前當過帶路人，可不代表這裏你說了算。」多可薩聳了聳肩，仿佛一切都了然於心。

「夠了！當年我受雇於你們，不敢也不能多問。但這一次，我是因為擔心你們才不顧一切追來的。我必須知道，你們執着於這座島的目的是甚麼？」金老大顯然被激怒了，他臉憋得通紅，活像煮熟了的公蝦，氣急敗壞地叫道。

「阿金！」銀老大再也忍不住了，激動地說，「這些人，他們是想要復活巨人族啊！」

一路上，銀老大見識了太多超越自己認知的事情，他極需要一個和自己一樣的平凡人來傾訴內心的震撼，而金老大就是此時此地最好的，也是唯一的人選。

銀老大迫不及待地把自己登上幽靈島後的所有遭遇，繪聲繪色地跟金老大分享了一遍。

必要的支持者

銀老大的述說讓金老大的臉色時而蒼白，時而鐵青，難以置信地問：「你們真的要復活巨人族遺民？」

「過去發生的事情我們無法改變，畢竟歷史已是既成事實，然而未來卻在我們手中。」「黑鷲」握緊了手中的能量核，眼神堅定地說，「我想，不，我必須要這麼做！」

「對！我們不能漠視生命，即使是巨人，也有着生命的價

值，如果我們對眼前的一切視而不見，那和行屍走肉有甚麼分別呢？」布布路義正詞嚴地說。

「等等！諸位先不要衝動！」多可薩站到了眾人中間，揚手道，「你們忘記了嗎？我可是來抓白鷺的！所以我就代表了怪物大師管理協會的態度，你們難道不怕被管理協會通緝嗎？而且就算我今天放過你們，暗部也會追殺你們到天涯海角！還有，即使這些巨人全部復活，跟現在統御着藍星的人類相比，也只不過是處於絕對劣勢的少數人而已。你們能保障他們的未來嗎？所以，即便你們想要復活巨人族遺民，在那之前，我覺得你們更需要一個強有力的支持者！一個能權衡各方勢力並主持大局的人，他必須能制約暗部的決策，還能保全復活的巨人族遺民！」

「嗯，說得有理！越是受到衝擊我們越要保持理智。」餃子點點頭，追問道，「你說的支持者是誰呢？」

「這個人，只能是獅子曜委員長！」多可薩抬高了聲音，以示尊敬。

四個預備生頓時點頭如搗蒜，他們曾和獅子曜委員長打過幾次交道，對委員長的人品和智慧有所領教，以他的能力和地位來處理這起大事件是最適合的！

「好吧，我同意。」經過權衡，「黑鷺」也答應了。

小刺鈍也上下晃了晃身子，像是投了贊成票。

多可薩掏出卡卜林毛球，準備跟管理協會取得聯繫，可他捏了好幾下，毛球一點兒反應也沒有。

「神之塔內的信號可能被屏蔽了，我到塔外面去試試，一旦得到委員長大人的指令，我馬上下來通知你們。你們先別輕舉妄動！」多可薩看到「黑鷥」點頭應允，便匆匆離開了。

多可薩剛走，餃子就憋不住要說話了：「萬一我們還沒聯繫上獅子曜委員長，暗部的人就先來了，那該怎麼辦？」

「沒事，我們可以說服他們。」布布路樂觀地說。

「噓——」帝奇突然對他們比了個噤聲的手勢，一陣躁動聲傳來，原本被多可薩制伏的長角獸不知何時全醒了過來，它們的眼中迸射出一道道血色的兇光，紛紛甩着粗壯的獸蹄，頂着尖利的長角朝着眾人疾衝過來！

「不對勁，它們的眼睛——」賽琳娜急切地提醒眾人，「它們好像恢復視力了！」

泯滅的靈魂碎片

MONSTER MASTER 17

新世界冒險奇談

第十六站 STEP.16

罪人索加

MONSTER MASTER 17

卑鄙的偷襲者

「嗷嗷 ——」

長角獸令人肝膽俱裂的恐怖咆哮聲連成了一片，它們變得更為瘋狂，目光中充滿了憎恨，張着血盆大口瘋狂地向眾人撲來！

「都怪你們多管閒事！我早就讓你們離開這裏，你們不聽，這下全完了！」金老大哇哇大叫。銀老大緊挨着他，一副不知所措的模樣。

布布路他們卻並不慌張，四人有條不紊地散開，準備各自迎戰。

餃子施展古武術，用鬥篷纏住長角獸攻擊力最強的尖角，一腳踹向它的頭頂，長角獸吃痛的當下，藤條妖妖甩出四根藤條將它來了個五花大綁。

撲哧，撲哧，撲哧……向着賽琳娜迎面過來的那頭長角獸衝勁十足，頻頻用尖利的長角刺中賽琳娜，但賽琳娜的身影就如泡沫般破裂，那正是水精靈製造出來的分身。等長角獸累得氣喘吁吁的時候，一道強力水柱直擊它的面門，將它打得連連後退。

帝奇躍到巴巴里金獅的背上坐穩，巨大化的金獅足以與這些遠古凶獸抗衡。衝過來的長角獸面對氣勢逼人的金獅，遲疑地停步了，就在那一剎那，金獅發出了獅王咆哮彈，將長角獸震翻在地。

布布路以驚人的跳躍力在長角獸身上跳來跳去，金盾棺材絲毫沒有手軟，將長角獸一隻一隻砸趴在地。

戰鬥如火如荼，然而「黑鷲」卻皺起了眉頭。形勢並不如表面顯現的樂觀，隨着更多長角獸的加入，它們仿佛也形成了戰術配合，前一批充當誘餌，絆住了布布路他們，後一批圍攻絞殺。一個巨大的包圍圈正在形成……

「哥，我來！」「白鷺」如一陣疾風般掠過「黑鷲」眼前，金剛狼緊隨其後。

「白鷺」已從「黑鷲」那裏拿回了自己的金剛狼爪手套，

嗖嗖嗖……只見無數銀光在跳躍閃爍，「白鷺」和金剛狼從長角獸群的背後開始掃蕩，瞄準長角獸最為脆弱的後頸部，一擊即中！

幾隻長角獸因此掉頭襲向「黑鷺」和金銀兩位老大。

「哇，完蛋了！完蛋了！……咱們跑不掉了！」原本還在津津有味觀戰的銀老大，頓時嚇得亂叫起來。

「黑鷺」立即擋在了金銀老大身前，一尾狐蝠的超聲波攻擊干擾了逼近的長角獸，使得它的平衡感遭到了破壞，頭重腳輕如同喝醉酒般步伐蹣跚。「黑鷺」乘此機會跳起來，一掌劈中了長角獸的後頸部。

然而，當他落地之時，卻遭到了意料之外的偷襲。

金老大踹開了身側的銀老大，並一把奪過魚叉，朝着「黑鷺」的後背猛刺下去。

「當心！」「白鷺」遠遠看見了金老大的舉動，急聲喝道。

「黑鷺」本能地一個閃身，堪堪避開了鋒利的魚叉。沒想到，金老大居然立馬一個反手，掐住了他的後頸，那速度之快、力道之大讓他始料不及。金老大就這樣一隻手把「黑鷺」壓倒在地，另一隻手從他口袋裏奪走了達摩能量核！

令人顫慄的再會

面對金老大突如其來的偷襲和掠奪，所有人都大吃一驚，銀老大也是一臉驚愕，但大伙兒都被困在與長角獸的交戰中，

誰也抽不出手來幫忙。不過潛意識裏，大家堅信白鷺導師有足夠的能力化險為夷。

金老大面容扭曲，眼中充滿了殺戮的紅光，似乎打算就這樣擰斷「黑鷺」的脖子。

危急之中，就聽「黑鷺」艱難地說出兩個字：「咬……殺……」

那居然是一個指令，誰都沒想到金剛狼一躍而起，狂風驟雨般地掠過幾頭長角獸，一口咬向金老大的手臂。

「呃！」金老大吃痛地撒開手。

「黑鷺」脫身之後，揚手一拳給了金老大一記回擊，冷冰冰地說：「把達摩的能量核還給我！」

金老大側身躲開「黑鷺」的拳頭，不顧被金剛狼咬傷的手臂，蠻橫地與他對起招來。「金剛狼，泰山壓頂！一尾狐蝠，雕蟲小技！前後包抄！」「黑鷺」一聲令下，兩隻怪物立刻行動起來。

金老大看似避無可避，卻不慌不忙地鼓起腮幫子，吹出一聲詭異的口哨。

「嗷——」數頭長角獸橫衝直撞地來到金老大身邊，以身體為盾擋住了金剛狼和一尾狐蝠的攻擊。

「你能操縱這些長角獸……」「黑鷺」的眼神銳利起來。

「一個普通的漁民絕不可能具備操縱遠古凶獸的能力，除非——」餃子一邊對付長角獸的攻擊，一邊揣測道，「除非十三年前的那場爆炸中，金老大的靈魂也被置換了！」

「不會是黑暗潛行者吧？」布布路脫口而出。

「不可能！」帝奇立刻否定道，「暗部的人怎麼能操縱長角獸呢？」

甚麼人能操控遠古獸王？這一刻，大家的心中不約而同地冒出一個令人難以置信卻又最合情理的推測 —— 也許，被置換到金老大身體裏的靈魂是一個巨人！

「布魯！」就在這時，四不像一聲怪叫，爪子指向的半空中赫然浮現出一張巨大的嘴巴。

那嘴巴誇張地撐開，先吐出兩條後腿，緊接着是身體，最後是頭顱，一隻無比醜陋的怪物，從嘴巴裏將自己吐了出來。隨後，一個巨大的身影從怪物嘴裏爬了出來。

看到這熟悉而駭人的一幕，布布路他們齊齊驚呼出聲：「是巨人索加和饕餮！」（詳見《怪物大師‧來自地底的至尊魔器》）

剛知道金老大不是本人，又看到活生生的巨人出現，銀老大腦子裏轟的一聲，嚇得全身麻木了。

「別來無恙，送一個見面禮給你們！」索加陰森森地咧開嘴，揚手將一個人重重丟到地上。

布布路他們心頭一緊，被索加丟到地上的，竟然是遍體鱗傷的多可薩！

三 人們的分歧

多可薩就像一件東西一樣被索加扔在了地上，他手裏還緊緊捏着卡卜林毛球。一定是在他聯繫怪物大師管理協會的時候，遭到了索加和饕餮的攻擊。虛弱的多可薩只來得及投給大

家一個別有深意的眼神，就昏了過去。

布布路四人心裏都咯噔一下，多可薩剛才那個眼神是甚麼意思？是告訴大家他已經將訊息傳達出去了，讓他們不要擔心？還是想說他沒能及時傳出消息，要他們小心呢？

「哈哈哈，這就是你們人類說的『螳螂捕蟬，黃雀在後』吧？」在布布路他們紛紛猜測的時候，索加已經旁若無人地掃開兩頭擋道的長角獸，大笑着抓起坐在長角獸背上的金老大，就像捏布娃娃一樣把他捏在掌心裏，倨傲地說，「是時候復活我的族人了！」

眼見索加就要連着金老大一起將達摩的能量核扔進煉金術陣的陣心，所有人的心都一下子提到了嗓子眼，身為唯一幸存於世的巨人，索加一定會用達摩能量核開啟煉金術陣，復活他的族人！

一定要拼命奪回來！雙子導師對視一眼，金剛狼和一尾狐蓄勢待發。

然而出人意料的是，被索加攥在手裏的金老大突然聲嘶力竭地叫道：「不可以！如果你現在復活巨人族遺民，他們全都會因為毒發導致器官衰竭而死去！」

索加收起狂笑，狐疑地打量着金老大，難以置信地問：「你是誰？怎麼會知道巨人族中毒的事？」

金老大被索加捏得滿臉漲紅，費力地說：「我是一個巨人。十三年前暗部派出的黑暗潛行者觸發了島上的煉金術陣，我的靈魂就是在那個時候進入了這個人類的身體裏。後來我一直潛

伏在人類中，默默地守護着幽靈島！」

「好了，我暫且相信你！」索加手上的力道放輕了不少，「你不必擔心中毒的問題了，我加入了食尾蛇組織，獲得了化解巨人身上毒素的辦法！」

「不，即使如此，現在也不是復活巨人族的好時機。」金老大正顏厲色道。

「難道你被置換到人類的身體裏，也沾染了人類的無能和懦弱？」索加不悅地說，「我已經等待了太久，好不容易才等到了今天，誰也不能阻止我！」

金老大望着比自己龐大數倍的索加，眼中沒有絲毫的畏懼，平靜地解釋道：「一旦你復活了巨人族，你只有兩條路可走 —— 一是動用武力，與人類開戰。二是與人類和其他種族和平共處。但如今，人類已經統治了藍星千百年，他們創造出的科技、文明和武器，根本不是幾十個巨人能戰勝的。藍星格局已定，難道你覺得憑藉着幾十個巨人族遺民，就能在這樣的世界生存和發展下去嗎？不可能！我們只會被其他種族視為異類和怪物。因為人數太少，我們將得不到資源豐富的土地，更沒有空間去繁衍、擴大，你所謂的復活，只會讓巨人族徹底走向滅亡！」

「你說得表面上頭頭是道，但如果錯失這個機會，你認為人類會讓巨人的遺民們安然地在這個鬼地方睡大覺嗎？」索加抬高了音量，面露慍色地反駁道，「卑鄙的人類很快就會來徹底炸毀這座島！」

「不，人類是種奇怪的生物，他們的文明程度越高，道德素質和理性也越高。經歷過千百年的發展，人類不再盲從某一個人或者某一個觀念，他們有了不同的理念和信仰，比如那幾個預備生和那兩個導師，他們會幫助我們，留住巨人族的最後一座堡壘。」金老大看向了被長角獸層層圍困的布布路他們。沒想到，跟滿腹恨意的索加不同，金老大竟然是個頗為明理的巨人。

布布路趕緊出聲附和：「相信我們，相信獅子曜委員長，別被仇恨衝昏了頭，我們會幫助你們的！」

「但我們得先給他們發出情報才行！還有，你們必須把達摩能量核還給我們！」餃子也大聲說。

「不不不，你們還能起到更大的作用。」金老大露出令人不寒而慄的詭異笑容，扭頭看向索加，陰森森地說，「十三年前，我的意識在這具人類的身體裏蘇醒後，用一段時間去構想，巨人族要復興和崛起，絕對不能魯莽和衝動行事。我們必須要學習人類的本事，花更多的時間去謀劃。所以，我們接下來要做的事，是奪取這些人類的身體，將巨人的靈魂置換進去，讓我族完全滲透到人類中間，從內部瓦解他們！」

兵 長和罪人

原以為能成為同盟的金老大竟然是比索加用心更為險惡的傢伙，布布路他們簡直不敢相信自己的耳朵，好似晴天霹

霹、當頭一棒，又好像被人從頭到腳澆了一盆涼水，從頭頂涼到了腳尖。

「陰險！太陰險了！」賽琳娜義憤填膺地叫起來。

餃子在心中哀號：我的身體已經被邪神伊里布入侵過了，現在又被巨人看上了嗎？雖然我也覺得自己的身體棒棒的，但可不願意被別人喜歡，嗚嗚……

索加勾着嘴角，邪惡地笑起來，不以為然地對金老大說：「你的想法聽起來不錯，但卻有個致命的弱點，就是 —— 時間！滲透人類內部所需要的漫長的時間將會帶來巨大的變數。與其寄希望於遙遠模糊的未來，不如把握住現在的機會！我們並不是只有幾十個巨人而已，我們的身後可是有着食尾蛇組織的龐大力量做後盾，偉大的女王陛下一定不會讓巨人族覆滅的。」

「住口！」金老大突然變了臉，怒不可遏地指着索加的鼻尖，發出狂怒的吼聲，「巨人族先鋒戰士 —— 索加‧奧倫坡！我以為經歷了那麼慘痛的教訓，你多少能有所長進。沒想到你連巨人族最起碼的驕傲都丟了，居然卑躬屈膝地依附於人類的力量，真是枉費我當年將自己的身體換給你！」

布布路他們心中又是一驚：甚麼意思，難道巨人索加的身體也不是他自己的嗎？

索加眼中閃過一道難以置信的光芒，猙獰的臉龐不自覺地抽搐起來，額頭上冷汗涔涔。他張口結舌了半天，才用顫抖的嗓音問道：「難道你……你……你是兵長？」

金老大目光如炬地看着他，輕歎道：「是我，卡拉季奇。」

　　下一秒，就聽轟隆一聲巨響，索加雙膝一軟，跪倒在地。

　　只是聽到名字而已，不可一世的巨人索加竟然謙卑地垂下了頭，雙子導師與布布路他們驚訝得眼珠都要迸出來了，被稱為兵長的卡拉季奇究竟是何來頭？

　　索加恭敬地將卡拉季奇放在一塊巨人岩石上。

　　「兵長，為甚麼？」索加面容扭曲，仿佛壓抑着極大的痛苦，「我明明是巨人族的罪人，您為甚麼要在最後時刻，將自己的身體換給我，讓我成為唯一一個能夠存活於世的巨人？」

　　事情發展到這個地步，布布路他們的心情已經無法用震驚和困惑來形容了，索加的身體竟然原本是卡拉季奇的？兩個巨人為何會置換了身體？索加為甚麼自稱是巨人族的罪人？關於巨人族的滅亡，究竟還隱藏着多少不為人知的祕密？

不管兩個巨人的關係怎樣，對他們來說都絕不是甚麼好消息。眼見情勢更加緊迫，雙子導師和四個預備生的戰鬥力一下子暴增，六個人帶着六隻怪物，一鼓作氣，把礙事的長角獸全都打趴在地。

　　然後大家邁開腳步，警惕地向索加和卡拉季奇靠過去。

　　四周漸漸安靜下來，卡拉季奇正襟危坐，似乎並不在意聚集過來的布布路他們，從容地對索加說：「在我生命的最後時刻，我終於意識到了自己的錯誤。或許是出於懺悔，或許是出於不甘，也或許是出於對未來殘存的一絲希望，我決定將生的機會留給你 —— 索加，因為你有一顆善良的心，也許這樣的你才是巨人族的希望。」

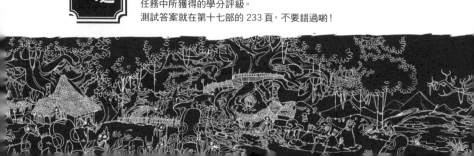

Q08

你和導師一同獲悉了一段足以顛覆現今歷史的黑暗過去，你會怎麼做？

A. 義憤填膺地向世人揭示一切 ——（前往第 9 題）

B. 為了維持和平現狀，決定保守黑暗過去的祕密 ——（前往第 10 題）

C. 自己無法決斷，因此聽從導師的決定 ——（你的學分評級為 C）

■即時話題■

布布路：啊！如果人形海葵裏面也有人的靈魂存在，那雙子導師解決了它，這算是「謀殺」嗎？

「白鷺」：並沒有！

賽琳娜：黑鷺導師，你能解釋得清楚點嗎？甚麼叫「並沒有」？

「黑鷺」：他的意思是，我們雖然解決了人形海葵，但沒有殺死它。事實上，它只是被削弱到了很小的狀態……

餃子：我看到了，在那邊——小小的一坨，正顫顫巍巍地發抖，好像很可憐的樣子。啊，這麼弱小居然還有攻擊性！

「黑鷺」：別追了，讓它去吧！既然它擁有人性，自然會找到出路。

賽琳娜：我突然覺得白鷺導師今天異常話多，要知道從我們進入十字基地到昨天那麼久的時間，他和我們說的話加起來都沒今天多！

「白鷺」：形勢逼人啊！看我說話就少了！

帝奇：但你從來不會忘了刷存在感。

完成這個測試後，你可以判定自己作為一個怪物大師預備生在本次的任務中所獲得的學分評級。

測試答案就在第十七部的 233 頁，不要錯過喲！

尊敬的讀者：現在你跟隨布布路一起踏上了成為怪物大師的道路！向所有的困難發起挑戰吧！

這是成為怪物大師的必經之路！！！

MONSTER MASTER

泯滅的靈魂碎片

MONSTER MASTER 17

新世界冒險奇談
第十七站 STEP.17

巨人的時代
MONSTER MASTER 17

遙遠的過往

索加有一顆善良的心？

布布路他們打心眼兒裏不相信，在他們的印象中，索加和他的怪物饕餮，明明是殘暴和恐怖的存在，連索加自己都露出了嗤之以鼻的表情。

「索加，你應該知道，人類不再像上古時代那麼弱小了，這些人剛剛擊敗了我們精心訓練出的鬥獸，對付這樣的敵人，我們怎能掉以輕心？」卡拉季奇的目光慢慢變得深邃起來，轉頭

對布布路他們說道，「那真是一段無比遙遠的回憶呢，我現在突然有點傷感，很想讓你們這些人類親耳聽一聽，有關巨人、人類和侏儒之間那場殘酷戰役的真相……」

布布路他們趕緊豎起耳朵，聽卡拉季奇用低沉的聲音，訴說出那段遙遠的上古往事 ——

在人類的離間下，巨人和侏儒之間的關係徹底惡化了，侏儒淪為巨人的食物，巨人則成了侏儒眼中的惡魔。

在那樣惡劣的種族關係之下，一個名叫索加·奧倫坡的巨人士兵，卻和一個名叫萊利安的侏儒成了朋友。

當時，卡拉季奇是巨人兵團的兵長，每隔一段時間，卡拉季奇就會帶領兵團外出狩獵侏儒，充當兵團的食物。巨人士兵都爭相參加狩獵活動，唯有索加每次都找藉口不參加。

索加天賦神力，即使在孔武有力的巨人兵團裏，他也稱得上是最強壯的士兵，他曾經在一次巨人族的角鬥賽中，徒手撂倒了十名士兵。可惜，索加的性格卻稱得上是異類，不論是對巨人，還是對人類和侏儒，他的態度永遠都是溫和的，一點兒都沒有巨人該有的驕傲。每當索加逃避狩獵活動的時候，卡拉季奇都充滿恨鐵不成鋼的心情。

一天，卡拉季奇組織士兵去狩獵侏儒，傍晚時分，他們滿載而歸。卡拉季奇提着一個鐵籠來到了索加的住處，半威脅半嘲弄地說：「聽說你又病了，沒能參加今天的狩獵，我來看看你，這隻侏儒是我送你的禮物，就當作你今天的晚餐

吧。另外，我希望你趕緊痊癒，下一次狩獵，我不想再看到你缺席了。」

卡拉季奇離開後，索加打開了鐵籠，裏面坐着一隻名叫萊利安的侏儒，他瞪着一對大眼睛，死死地盯着索加，心中充滿了仇恨和恐懼。他預感到，今天晚上自己會被烹飪成一盤美食，葬身於這個巨人腹中。

但讓萊利安感到意外的是，索加抵禦住了作為巨人本能般的食慾，並沒有吃掉他，而且還給他拿來了食物和水。等到天黑下來後，索加居然還在自己的臥室裏，給萊利安鋪了一張柔軟又舒適的小床。

在索加溫和的目光下，萊利安戰戰兢兢地吃了東西，爬上小床。他閉上眼睛，一整夜都不敢入睡，心中暗暗猜想，索加可能是想把自己囚禁起來，飼養得更胖一點再吃……這麼一想，萊利安再也不敢吃東西了。

一連數日沒吃東西，萊利安餓得頭暈眼花，再也受不了了。

終於有一天，趁着索加出門的時候，萊利安逃了出去。可惜，萊利安的身體太虛弱了，沒跑多遠就被幾個巨人族的小孩捉住了。他們把萊利安當成皮球一樣踢來踢去，當索加出現並趕走巨人小孩的時候，萊利安已經被折磨得奄奄一息。

索加心痛地歎了口氣，掏出隨身的藥膏，給萊利安擦拭傷口，還給他餵了麵包和水。隨後，索加把傷痕累累的萊利安帶到一條僻靜的小路前，溫和地說：「我從來沒吃過侏儒，以後也不會吃。你順着這條小路走吧，明天早晨就能回到侏儒族的領地。」

說完，索加轉過身，獨自走開了。

萊利安神情複雜地看着遠去的索加，不知為甚麼，他突然覺得索加的背影看起來那麼孤獨。萊利安恍然想到，他在索加家裏住了這麼長時間，從來沒看見索加有甚麼朋友，這個巨人總是形單影隻……

萊利安覺得，索加和其他的巨人不一樣，他是一個很特別的傢伙。這麼想着，萊利安鬼使神差地從地上爬起來，一瘸一拐地跟上索加……

夾縫中誕生的友誼

得知萊利安暫時不打算回侏儒族的領地，而打算在自己家裏再住一陣子，索加有點困惑，又有點開心，兩人進行了第一次正式交流。

索加好奇地問萊利安：「留在這裏，對你來說是很危險的，為甚麼要這樣？」

「因為我覺得你是個與眾不同的巨人，而我呢，是個天生充滿好奇心的侏儒。」萊利安腆着肚子，憨態可掬地說，「你救了我兩次，按理說我應該感謝你，但我不想感謝巨人，所以，我決定留下來，試着跟你交朋友。我覺得你看起來心事重重，我很樂意傾聽你的煩惱。」

索加很感動，猶豫了一會兒，他說出了自己的苦悶：「其實，我覺得巨人和侏儒應該和平相處，但我不善言辭，勸說不了族人們，只能選擇獨善其身，可是⋯⋯」

沒等索加說完，萊利安就心領神會地說：「可是，你卻無法對族人的暴戾行為視而不見？」

索加點點頭，痛苦地說：「每當聽到侏儒們的哭喊聲，看到他們在族人的屠刀下露出恐懼和絕望的眼神，我心裏就像壓着一塊千斤巨石，我想改變這種現狀，卻不知該怎麼做。身為最強壯的巨人士兵，我徒有一身力氣，對族人的錯誤無能為力，每天逃避地躲在自己的小世界裏，真的很瞧不起自己⋯⋯」

　　萊利安動容地看着索加，輕聲勸慰道：「一直以來，我都覺得巨人是目空一切的，沒想到還有像你這樣的！索加，你的善良讓我感動。在認識你之前，我覺得侏儒族完蛋了，我們注定要被巨人滅絕，但現在我突然有了希望，因為我知道，並不是所有巨人都是殘忍暴虐的。索加，也許你就是我們侏儒族的希望！」

　　「真的？」索加難以置信地看着萊利安。

　　「也許眼下你不能做些甚麼來改變這個世界，不過，只要你能一直保持着善良的心，我相信有一天，你一定會為巨人和侏儒兩族的和平做出巨大的貢獻。」萊利安目光閃閃地看着索加。

　　索加的眼睛濕潤了，他一個人困頓和自責了太久，族內的巨人都不理解他，甚至連一向器重他的卡拉季奇兵長都疏遠了他，他已經很久沒有感受到來自外界的溫暖和肯定了。他感激地看着萊利安，突然覺得又有了力量……

　　就這樣，索加偷偷把萊利安藏在自己的住處。精心地照料萊利安的飲食起居，萊利安也真誠地為索加排憂解惑。漸漸地，兩人之間不僅建立起了深厚的友情，還擁有了共同的理想和志向，希望能化解巨人和侏儒二族的仇恨……然而，沒等索加和萊利安研究出結果，侏儒族就聯合人類向巨人族宣戰了，徹底改變歷史進程和種族格局的三族之戰拉開了序幕！

　　卡拉季奇下達命令，要求最強壯的巨人士兵三天內加入兵團，組成先鋒部隊，狠狠打擊不自量力的人類和侏儒聯合軍。

身為最強的巨人士兵，索加責無旁貸要加入先鋒部隊。索加再次陷入迷茫，他不明白為何要打仗，不論是巨人、侏儒還是人類，大家不都是獨一無二的生命嗎？為何要互相殘殺？戰爭的目的是甚麼？流血和犧牲又能得到甚麼？

索加痛苦地問萊利安：「我不想參加戰爭，更不想傷害別人，我該怎麼辦？」

這一次，萊利安沒有寬慰索加，而是沉痛地說：「自從藍星出現生命以來，戰爭幾乎從沒停止過。這場戰鬥關乎三個種族的生死存亡。索加，你必須去參戰，而且必須加入先鋒部隊。因為只有這樣，你才能得到第一手情報，在危急關頭，也許你可以放我們侏儒族一條生路。」

索加被萊利安說動了，在危急關頭放侏儒族一條生路，這也許就是他真正的使命。他決定參戰，不過在那之前，他要先把萊利安平安地送回侏儒族的領地。

衰落的巨人族

由於開戰的關係，巨人族對主要道路都進行了封鎖和戒嚴，索加護送萊利安的決定充滿了困難和危險，一旦被抓住，萊利安將遭遇可怕的下場，索加自己也會被當作叛徒。

但索加還是毅然決然地上路了，這次旅途並不漫長，卻是索加平生第一次走出自己的世界。為了保護萊利安的安全，他做了許多從前想都不敢想的事，比如第一次賄賂巨人哨兵，

第一次跟同胞動手……

　　索加把萊利安送回了侏儒族的領地，然而他得到的不是侏儒們的感激，而是充滿怨恨和忌憚的目光。索加沒有氣餒，他含笑揮別萊利安，大步走回巨人兵營，心中充滿了堅定的信念。在侏儒們的眼中，所有巨人都是惡魔，不論索加如何解釋，都不會有人相信他，他唯一能做的，就是用自己的行動去改變兩族的宿命。

　　看到索加準時加入先鋒部隊，卡拉季奇由衷地感到欣慰。他暗暗推測，索加一定是吃下了那隻侏儒，所以才有了巨人該有的「血性」，在內心深處成了一名真正的戰士。

　　開戰後，憑藉着強壯的體格和鬥獸的助力，巨人先鋒兵團以摧枯拉朽般的氣勢橫掃戰場，人類和侏儒聯合軍節節敗退，迅速轉攻為守。

　　然而，戰爭持續了

一年多後，戰局卻開始發生翻天覆地的變化。

巨人族爆發了可怕的疾病，他們的身體像枯萎的植物一般，迅速凋零，直至完全失去力量，在昏迷中死去。失去了巨人的指揮，曾經如戰爭機器般的鬥獸也一擊即潰，不再構成威脅。

人類和侏儒聯合軍趁機展開反圍剿，一場場交戰中，巨人們一觸即潰，因為士兵們沒能堅持多久，就一個個倒下了，巨人族漸漸被逼退到生死存亡的危急關頭。

經歷了一年的戰爭洗禮，索加無數次踩着同胞的白骨前行，他恍惚間意識到：人類和侏儒並非弱者，因為弱者不會像他們一樣奮勇戰鬥。真正的弱者，其實是一直在逃避一切的自己！一直以來，他嚮往的和平，只不過是存在於他心中的一團虛幻泡沫。

看着戰友們轟然倒下，聽着族人們悲慟的輓歌，索加心如刀割。他連自己的族人都保護不了，還有甚麼資格去幻想種族和平？太可笑了，在巨大的痛苦衝擊之下，索加徹底卸下

了心裏的包袱，他決心要保護巨人族，不惜任何代價！

索加當時並沒有察覺他之所以沒有感染所謂的「疾病」，是因為他從來沒吃過侏儒，只是把每場戰役都當作自己的最後一戰。一旦他心中沒了猶豫，戰鬥力也成倍大增，他迅速贏得了其他巨人的信賴，被戰友們推舉為先鋒部隊的隊長。

接下隊長職務的當晚，卡拉季奇召見了索加。

卡拉季奇已經是巨人族的總兵長，是巨人族的靈魂人物。然而，當見到卡拉季奇的那一刻，索加才發現，卡拉季奇英勇的身影只是假象，他的身體正在急速衰敗，撐不了多久了，僅剩的幾大巨人兵團也正在邊戰邊退……

在索加悲痛的目光中，卡拉季奇強撐着虛弱的身體，輕聲說，他準備把巨人族最後的防線拉到灰山，那裏有巨人族最重要的堡壘——神之塔。在那裏，巨人族將與侏儒和人類聯合軍決一死戰。

但是，卡拉季奇不知道自己能否撐到那一天。如果中途有甚麼不測，他希望由索加代替自己，成為巨人族的總兵長，贏得這次關乎巨人族生死存亡的最終戰役。

看着卡拉季奇灰白色的枯槁面容，以及他眼中那不肯熄滅的希望之火，索加心情沉重地點了點頭，接下了這份沉甸甸的託付。他終於明白，戰爭不僅是對生命的摧殘，更是對生命的渴望，這場戰爭已經沒有了善惡之分，每一個種族都只是想要生存下去。

此刻，他渴望讓身邊的大家都活下去……

新世界冒險奇談

第十八站 STEP.18

灰山之役
MONSTER MASTER 17

侏儒的祕密情報

　　按照卡拉季奇的計劃，巨人族的幾大兵團如期退到灰山。

　　灰山是一座平頂的山丘，四周都是廣闊而幽深的林海，站在山頂中央的神之塔上，可以俯瞰整片森林。

　　戰前，卡拉季奇召集所有兵長進行作戰會議，索加也位列其中，他在會議上得知了最新戰況——目前人類和侏儒聯合軍的戰線拉得太長，巨人族已成功切斷聯合軍運輸糧草的通道，如果聯合軍不能在接下來的戰役中取得勝利，就必須返回大本

營補充裝備和物資，這將會給巨人族留出寶貴的喘息時間。

　　所以，接下來這場戰役極其重要！巨人族將全線駐守灰山山頂，一旦人類和侏儒聯合軍發起進攻，巨人族將不遺餘力從高處壓制他們。可是，戰爭永遠充滿了變數，萬一人類和侏儒聯合軍突破了巨人族的防線，攻上了灰山，那麼，卡拉季奇將不得不做出最後的抉擇，他將啟動神之塔內的終極煉金武器——「諸神的黃昏」。

　　一旦「諸神的黃昏」開啟，所有置身林海內的生物，不論是侏儒，還是人類，甚至是巨人，所有的一切都會被摧毀。

　　聽完卡拉季奇的決定，許多兵長的眼睛都紅了。目前，所有倖存的巨人都聚集在灰山，如果不能贏得這場戰役，巨人族將走向自我毀滅，這也是天性驕傲的巨人們，為自己選擇的最光榮的宿命……

　　如卡拉季奇所說，人類和侏儒聯合軍不斷靠近灰山，終於來到林海之外，最後的戰役，將在第二天一早打響！

就在戰役的前夜，卡拉季奇倒下了，他屬弱的身軀再也無法承受高強度的戰鬥，不得不將最終戰役的指揮權交給索加。索加從卡拉季奇手中接過兵符，他表面上波瀾不驚，內心卻十分忐忑。

索加走出卡拉季奇的營帳時，軍營的一角突然傳來一陣騷亂，放哨的巨人士兵抓到了一個侏儒密探。

索加聞聲趕去，在看到那個侏儒密探的瞬間，他驚愕地瞪圓了眼睛：「萊利安？」

「是我，謝天謝地，我還以為沒機會見到你了。」萊利安長吁一口氣，說，「我不是密探，我是特意來找你的，我……」

這些年，索加經歷了無數戰鬥的洗禮，身心都發生了不小的變化。萊利安的身材也變精壯了，機靈的大眼睛裏蒙上一層歲月的陰霾，說話也不像從前那麼口無遮攔了。

索加見萊利安吞吞吐吐，欲言又止的樣子，便主動說：

「如果你來找我，是為了讓我兌現承諾，在明天的戰鬥中放侏儒一條生路，那麼很抱歉，我恐怕做不到。因為，這場戰爭已經不再有所謂的正義，我們巨人族如今也和你們一樣，只是想要活下去⋯⋯」

萊利安急忙搖頭說：「不，索加，我是想來提醒你，明天的大戰，你們一定要小心火，要往南方逃跑⋯⋯」

「甚麼意思？」索加的手下扼住了萊利安的咽喉，「你最好把話說清楚，否則⋯⋯」

「抱歉，索加，我只能說這麼多。」萊利安神情複雜地說，「我是偷偷來找你的，不能耽擱太久⋯⋯」

索加深深地看了萊利安一眼，輕聲對手下說：「讓他走吧。」

放走萊利安，索加回到自己的營帳，細細回味萊利安的話——也許，侏儒和人類聯合軍想在明日的戰役中採取火攻。灰山四面都是茂密的林海，一旦引燃，巨人族將如同被困在熔爐中，不攻自敗。

更糟糕的是，聯合軍只要點火就可以了，根本無須踏入林海半步，就算巨人族啟動了「諸神的黃昏」，也只是自我毀滅，傷不到敵人一根寒毛。

而在灰山南方，有一條瀑布連接着的蜿蜒河流，如果聯合軍真的採取火攻，那或許就是巨人族唯一的生路。

索加的後背被冷汗濕透，多虧了萊利安冒險來通風報信，否則，明日巨人族必將被燒得片甲不留！

諸神的黃昏

得到萊利安的重要情報，索加連夜召集所有兵長，重新調整戰術——明日，巨人族將只留一小部分駐守灰山，充當誘餌，大部隊則潛伏到林海之外。

待敵人放火燒山，自以為大功告成的時候，巨人族將發動奇襲，殺敵人一個措手不及！

隔天一早，聯合軍對灰山發動了猛烈的進攻。索加率領為數不多的留守部隊，艱難抵禦着敵人一輪強過一輪的進攻，他眼睜睜地看着巨人戰士在炮火中倒下，然而火攻遲遲沒有到來。

索加的內心被憤怒和驚懼佔據，他悲憤交加地意識到，萊利安欺騙了自己！

這麼多年了，哪怕看到自己最親密的戰友一個個犧牲在戰場上，哪怕對戰爭和敵人充滿了憤慨，索加也從未懷疑過自己和萊利安之間的友情。在他心中，這段跨越種族的情誼，就是他被戰火摧殘得千瘡百孔的心靈深處，唯一的一絲純淨和希望。可惜，他大錯特錯了，也許從一開始，萊利安就是在利用他！這個狡猾的侏儒打着友情的幌子，騙取了索加的信任，目的就是能在關鍵的時候，徹底瓦解巨人族！

侏儒果然是狡猾的、卑鄙的、不值得相信的！

索加懊悔萬分，他想要調回大部隊，被派出去的通訊兵卻統統被聯合軍抓捕了。他想要開啟「諸神的黃昏」，卻又不

能丟下潛伏在外的部隊。他只能咬着牙奮力抵抗，希望能堅持到大部隊察覺到情況不對，主動回來增援。

　　索加不知道，在瀑布和河流沿線，聯合軍早已佈置了重重機關和陷阱，巨人族的大部隊剛一離開林海，就被盡數殲滅了。

　　到了傍晚時分，巨人族的防線徹底被突破，聯合軍衝上灰山的山頂，將索加和巨人兵團殘部圍困在神之塔內。

　　面對着唾手可得的勝利，侏儒和人類卻發生了矛盾：侏儒們想要手刃仇人，盡數殲滅巨人，所以他們要摧毀神之塔，

可人類卻希望能保留塔內的文明和科技。人類和侏儒的領袖爭執不休，躲在塔內的巨人們因此得到一絲喘息的機會。

　　就在這個時候，昏睡了一天的卡拉季奇奇蹟般蘇醒過來。要知道，從來沒有一個巨人能在昏迷中醒過來，這場奇怪的疫病，對巨人來說，無疑是一場比戰爭更具毀滅性的災難。

　　卡拉季奇登上神之塔的頂端，聲音沉重地向塔下的三族高聲宣佈：「我調查清楚了，人類才是這場戰爭的罪魁禍首。他們用彩虹草改變了侏儒的身體，讓我族對侏儒產生強烈的食慾。一旦吃下侏儒，毒素就會在我們體內蔓延，最終力量衰竭而亡……」

　　神之塔內外一片嘩然。巨人們怒斥人類的卑鄙無恥，人類極力狡辯拒不承認，侏儒族則顯得有些麻木，他們承受了太多的屈辱和黑暗，早已不再相信任何種族，包括和他們結盟的人類。

　　騷動中，卡拉季奇緩緩舉起一根閃著金光的法杖，臉上帶著絕望的笑意，說道：「在開天闢地的洪荒歲月，侏儒、人類和巨人三族為了能在嚴酷的環境中生存下去，共同打造了神器——達摩，同時，它也是開啟『諸神的黃昏』的鑰匙。既然，我們三族曾一手打造了達摩，締結了種族的情誼，那麼如今，我也希望用它，來徹底終結這場戰爭！」

　　說完，卡拉季奇閉上眼睛，充滿威儀地將達摩放入神之塔的塔頂。

在巨大的驚呼和慘叫聲中，神之塔的塔頂，驟然迸射出一圈圈熾熱刺眼的光芒，那是能令諸神為之顫慄的夕陽之光，就像急速降臨的黑夜般，迅速吞噬了神之塔，吞噬了灰山，吞噬了林海⋯⋯

沒有人知道祖先為何要製造出「諸神的黃昏」，也沒有人能將它的威力轉述給後代，因為凡是見識過它無與倫比的毀滅之力的人，都在頃刻間被摧毀，灰飛煙滅。

當巨大的光芒散去後，大地變成一片焦土，林海通通化作灰燼，只剩下半座被侵蝕得千瘡百孔的灰山，還有矗立在山頂上的那座孤零零的神之塔，而塔內外的巨人、人類和侏儒，統統變成了沒有生命的岩石⋯⋯

唯一的倖存者

幽靈島就是昔日的灰山的一部分。

時世變遷，滄海桑田，海洋徹底吞噬了神鑄大陸，海水將塔外的巨人、人類和侏儒岩石洗刷成粉末，只有塔內巨人族遺民的岩石，永久地存留了下來……

灰山之役唯一的倖存者便是索加，而他當時能生存下來緣於「諸神的黃昏」有一個保護機制，當它開啟時，位於陣心的開啟者可以安然無恙。然而原本活下來的人應該是卡拉季奇，在摧毀之光降臨的瞬間，他把唯一的生存機會留給了索加。

因此，當索加獨自在神之塔內醒來時，他驚懼地發現自己的靈魂被裝在卡拉季奇的身體裏，但他不知道，他之所以能作為最後一個巨人活下來，不僅僅是因為卡拉季奇的私心，更是因為卡拉季奇對一個特殊「朋友」的承諾。

那個「朋友」就是侏儒萊利安。

在漫長的三族之戰中，當索加在戰場上浴血奮戰的時候，萊利安也終日承受着巨大的風險，遊走在三族之間，調查着引發這場戰爭的幕後真相。

卡拉季奇會從昏迷中蘇醒過來，是因為萊利安偷偷溜進他的營帳，給他服用了緩解毒性的藥物。萊利安將人類的陰謀全部告訴了卡拉季奇，請求卡拉季奇一定要終止這場戰爭，並且無論如何，要讓索加活下去。

卡拉季奇看着萊利安，突然想起了昔日的往事。當年，他之所以在一群侏儒中選出萊利安來送給索加，是因為在一群被狩獵來的侏儒中，唯有萊利安沒有大哭大鬧，他始終目光平靜地仰望着巨人們，眼中甚至沒有恐懼和絕望。卡拉季奇想，對於從來沒有「開過葷」的索加來說，這個徹底被嚇傻的侏儒似乎更容易下手。

然而，萊利安不是被嚇傻了，他其實是侏儒中少有的智者。

可惜，即便是聰慧過人的萊利安，也絕對想不到，雖然公布了人類的陰謀，三族之間的戰鬥卻仍然無法停止，更沒想到，卡拉季奇會用那麼慘烈決絕的方式來終止戰爭，但至少在啟動「諸神的黃昏」的瞬間，卡拉季奇兌現了對萊利安的承諾，將自己的身體置換給了索加。

原來，眾人眼裏那個為了鍛造達摩，逼迫侏儒領袖作為「藥引」跳入熔爐的索加，曾經毫不設防地信任和愛護着自己的侏儒朋友。那個充滿暴力，對任何人都冷酷無情的索加，曾經是一個那麼和善的人。當發現巨人族覆滅，只有自己一個人活下來的時候，他心中一定充滿痛苦和恐懼，他一定覺得，正是自己的感情用事，導致了今天的結局。

布布路和銀老大聽得淚流滿面，賽琳娜和餃子也偷偷地抹着眼淚，帝奇和雙子導師的眼睛也紅了，小刺魨和精衛鳥依偎在一起，嗚嗚咽咽地用它們的語言表達着悲傷。

　　索加顯然也受到了巨大的衝擊，悲傷、痛苦、憤怒、失落，各種表情在他臉上一一閃過。突然，他仿佛想起了甚麼，走向一個蜷縮成一團的巨人岩石。

　　那巨人的雙手很古怪地在胸前彎曲着，仿佛護着甚麼珍貴的東西。大家看了半天，終於發現從另一個角度來看，巨人的懷裏竟然抱着一個小小的侏儒。

　　仔細看，那侏儒眼角掛着一顆晶瑩的淚珠，仿佛是索加石化的心中閃爍的靈魂碎片……

　　索加顫抖着抬起手，輕輕地摸索着侏儒的臉，喃喃自語道：「萊利安，是你嗎？」

　　過去的畫面鮮活地在索加腦海中重現，或許是時間過去得太久讓他幾乎忘了，又或許是因為他根本不願記起，在末日降臨的瞬間，他放下了被欺騙的仇恨，緊緊抱住了自己的侏儒朋友 —— 萊利安。而這塊岩石，就是被石化的自己的身體。

　　然而，侏儒的身體沒有巨人那麼強大，萊利安的身體是在巨人的懷抱中才得以保存到今天，當索加的手指觸碰到萊利安的瞬間，遺骸化作了一片灰土……

任務學分評級測試

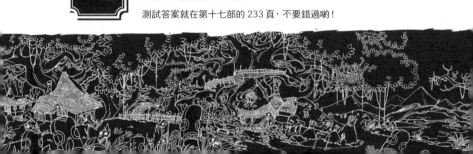

這是成為怪物大師的必經之路!!!

MONSTER MASTER

尊敬的讀者:現在你跟隨布布路一起踏上了成為怪物大師的道路!向所有的困難發起挑戰吧!

Q09 當你的職責與信念發生衝突時,你會怎麼選擇?

A. 選職責 ——(你的學分評級為 A)

B. 選信念 ——(你的學分評級為 B)

■即時話題■

餃子: 幽靈島每十三年上升一次,屬於藍星至今未探明的百分之十的未知領域,也就怪不得變成小刺蝟的泰明導師無法離開了。

賽琳娜: 我倒是很佩服尼斯羅克,它就算退化成了一隻小鳥,卻依然心繫主人,不離不棄地一直用自己的方式在努力。

餃子: 雖然是用了個笨辦法!

帝奇: 我倒不覺得它笨,它的填海舉動會讓人覺得奇怪,而好奇心也許會促使人們前來探尋真相,我認為尼斯羅克無法用語言來表述想法,但它的行為是有一定表述性的!

尼斯羅克: 嗚嚕嚕!

餃子: 小精衛,就算我說錯了,你也別又在我身上拉屎啊!你看,他們又嫌棄我了!

布布路: 大姐頭,你覺得我需要給餃子來一張照片嗎?現在也算是康巴大叔想要的餃子不同以往的狀態吧?

餃子: 布布路,你學壞了!

完成這個測試後,你可以判定自己作為一個怪物大師預備生在本次的任務中所獲得的學分評級。

測試答案就在第十七部的 233 頁,不要錯過唰!

泯滅的靈魂碎片

MONSTER MASTER 17

新世界冒險奇談

第十九站 STEP.19

發動，熔毀陷阱
MONSTER MASTER 17

恐怖的熔化

「萊利安 ──」

索加重新喚出這個名字這一刻，對於那遙遠時光中的回憶，他終於釋懷了。

也許，萊利安當初也被他的族人欺騙了，所以才提供給索加假情報，又或許，萊利安是真的騙了索加，但那又如何？萊利安畢竟是一個侏儒，就像索加是一個巨人一樣，在生死存亡的關頭，他們不得不選擇站到自己的種族那一邊。

在殘酷的戰爭洪流中，不管是自己還是萊利安都如塵埃般渺小而無力，然而無論如何，在最後，萊利安希望索加能活下去，索加也毫不猶豫地抱住了萊利安，他們都希望對方能活下去……

「好了，你們以為我為甚麼大費周章跟你說這麼長的故事？」卡拉季奇似笑非笑地看着布布路他們，「我滿足了你們的好奇心，接下來，也該是你們給我點回報的時候了！」

眾人心中暗叫不妙，卡拉季奇既然將一切都和盤托出，那就代表他定然有十足的把握，不讓布布路他們活着離開這裏。難道他早有謀劃了嗎？

「你們看！」賽琳娜突然指着腳下低呼。原來不知何時，長角獸們不見了，取而代之的是他們腳下浮出的一圈一圈的圖案，跟龐大的巨人岩石群連成一大煉金術陣，此刻正一閃一閃地發出強光，像極了雙子導師之前靈魂互換時的景象。

「等等!」索加卻突然拉住了卡拉季奇。

「索加!你難道現在還想阻止我嗎?這幾個人已經知道了我們的全部底細,絕不能放過!」卡拉季奇對索加呵斥道。

「不,不是這個,你看看我們的族人們!」索加驚慌失措地指着卡拉季奇身後。

大家這才發現,那些石化的巨人竟然流出了眼淚。難道他們已經活過來了嗎?

「該死!那並不是在流淚!」卡拉季奇面色大變,原來不只是面部,所有巨人岩石的縫隙中都在滲出黏稠的暗紅色油脂,隨着油脂的滲出,岩石也像燃燒的蠟燭一般,開始不斷熔化。

「不好!」布布路驚愕地大叫,「巨人們正在熔化!」

大家面面相覷,不知為何,巨人的石像正在令人心驚地熔化着,化作暗紅色的油脂!

餃子急忙摘下狐狸面具,睜開了額頭上的第三隻眼,天目赫然洞穿岩石表層,看向被巨人的身軀遮擋住的塔底。觀察了一會兒,餃子不禁打了個寒顫,憂心忡忡地說:「情況不太妙,

我發現塔底的石板有被切割的痕跡，而且，被切割的石板背面，設置了具有破壞性的煉金術陣，這恐怕就是石化的巨人發生熔化的真正原因！」

索加氣急敗壞地質問道：「是不是你們這些怪物大師早就對這些岩石做了手腳？」

「這麼複雜的術陣絕對不是一時半會兒能設置完成的，應該是有人在更早以前設下的圈套，一旦有人登島，觸發了靈魂互換的小陣，熔化的煉金術陣就會自動啟動。」卡拉季奇青筋暴跳地說。

多可薩不知何時蘇醒過來，躺在金剛狼的背上，虛弱地插話道：「難道是暗部？」

餃子托着下巴，謹慎地分析道：「暗部追蹤了幽靈島這麼多年，並在探島的過程中付出了巨大的代價，除了冒險炸島的計劃之外，他們肯定還會留有其他的後手。」

賽琳娜憂心忡忡地補充道：「暗部的人一向神出鬼沒，搞不好這一次我們的行動他們早就知

道了，黑暗潛行者之所以一直沒現身，是因為他們早就有了萬全的準備，保證他們的計劃萬無一失。」

　　「當我接到追回達摩能量核的任務時，獅子曜委員長曾特意叮囑我要小心行事，因為能量核被盜的消息已經泄露了，暗部一定會採取手段，委員長希望我不要和暗部起衝突⋯⋯」

多可薩頓了頓，傷口的疼

痛讓他發出細微的呻吟，

「這一路上，我一直警惕着，可暗部就是這樣令人防不勝防的存在！」

「我想起一件事，」「黑鷥」皺起眉頭，回憶讓他心情敗壞，「十三年前，那個逃脫出來的暗部成員帶着一份神之塔內部煉金術陣的拓本，暗部之後肯定反覆研究過了，要施加疊加之術對暗部來說也不是一件難事⋯⋯」

「哼！論卑鄙無恥，我們始終比不過你們人類啊！」索加將拳頭攥得咔咔響，咬牙切齒地說。

難能可貴的合作

索加和卡拉季奇的面色陰森得可怕，盯着布布路他們的眼神好像要吃人。餃子他們都擔心兩人為了泄憤，會殺光在場的所有活物⋯⋯

這時，布布路舉起手喊道：「我們別浪費時間啦，趕快把這些石化的巨人搬出塔去！只要不在這個被動過手腳的煉金術陣範圍內，石化的巨人就不會熔化了，對吧？」

「嗚嚕嚕！嗚嚕嚕！嗚嚕嚕！」精衛鳥也激動地拍打着翅膀，仿佛在催促他們。

甚麼？眾人統統扭頭看向布布路，他說的最簡單直接的辦法，現在看來的確也是最有效的辦法。

更為吃驚的是索加和卡拉季奇：這個小子難道沒有記恨之心嗎？居然還願意出手幫助保護巨人族遺民？

　　古怪的氣氛之下，「黑鷺」倒是平靜地應答道：「布布路說得對，時間緊迫，我們抓緊行動吧！」

　　預備生們領命後，積極地行動起來。

　　大姐頭果斷地閉上眼睛，調用體內水之牙的力量。一時間，空氣中的水分子紛紛躍動起來，水精靈的身軀拉長，往空間中最高的地勢飛去，一陣晶瑩的藍光中，「治癒之雨」隨之降下。

　　水之牙釋放出強大而異樣的力量，讓卡拉季奇和索加目瞪口呆。降落到石化巨人上的治癒之雨凍結起來，有效地延緩了熔化的速度。

　　不過，這一招並不能徹底解決危機，岩石依然在緩慢地熔化，布布路他們必須抓緊時間，把石化的巨人全部搬走。

　　「嘿！」布布路雙手青筋暴起，露出的手臂肌肉鼓脹到了極致，一尊石化的巨人被他扛了起來，這驚人的力量感染了其他人。

　　帝奇也不甘示弱地讓巴巴里金獅背負起兩尊石化的巨人。

　　餃子讓藤條妖妖織出一張巨大的藤網，兜住了一尊石化的巨人。

　　「布魯，布魯！」四不像美其名曰保護尼斯羅克和小刺魨，其實是夾在它們中間偷懶，不過它也算是怪叫着為布布路他們加油。

　　這絕對是前所未有的古怪一幕：索加、雙子導師以及布布路、餃子和帝奇三個預備生帶着各自的怪物熱火朝天地當起

了搬運工，使用着金老大身體的卡拉季奇在前面引路，銀老大則攙扶着受傷的多可薩觀察巨人們的狀態，輔助賽琳娜和水精靈。

但是他們現在位於神之塔底層，要將巨人搬上那麼高的石階顯然困難重重。

「哥，這樣下去不行！」「白鷺」焦慮地對「黑鷺」說。

「別急。」「黑鷺」用口型告訴「白鷺」。只見他獨自站在空間的中央，仰着頭原地繞了一圈，對自己的怪物下了命令：「一尾狐蝠，巨翼收割！」

一尾狐蝠瞬間變大到了本身的極限，翅膀完全張開，如同一個三角形的飛盤旋轉起來，猶如刀鋒的翅膀切割到周圍的牆體，發出刺啦刺啦的駭人響聲。

「白鷺導師打算把神之塔攔腰切斷嗎？」布布路頓時明白了白鷺的意圖。

「這樣的話，我們就可以不用爬樓梯，直接把石化的巨人運出去了。」餃子讚道。

然而一尾狐蝠繞了一圈，卻沒有達到預想的效果，只在堅實的牆面上留下了一圈深邃的刻印。一尾狐蝠的身形搖搖晃晃的，翅膀抖得厲害，顯然難以支持下去了。「黑鷺」有些心疼，但還是決定再嘗試一次。

哪料到，索加出手抓過半空中的一尾狐蝠，往「黑鷺」懷裏一扔，一尾狐蝠縮回原樣，疲累地倒在「黑鷺」的雙手間。索加壓低聲音說道：「人類，神之塔沒那麼容易摧毀，所以退下，由我來！」

說完，索加出拳擊向周圍的牆壁，轟的一聲巨響之後，牆壁凹陷出一個拳印。

轟轟轟……在索加接二連三錘擊之下，牆壁上被擊穿出一個個洞窟，外面的光線透了進來，一束束的，越來越多，厚實的牆壁自破損的洞窟開始龜裂……

「嘿——」索加一聲大喊，側過身，用肌肉健壯的肩頭撞了過去。

轟隆隆——巨石和灰塵四處飛濺，神之塔從內部被索加推倒了！

「嗷！」巴巴里金獅在帝奇的指揮下護住眾人，並震碎空中的碎石。

索加的身體劇烈抽動了一下，半邊身體垮塌下來，握緊的雙拳滴滴答答地流着血，可他滿臉堅毅，絲毫沒有露出痛苦的表情。這就是巨人族中最強的戰士，不管是過去，還是現在，都擁有着壓倒性的、令人畏懼的實力……

難以想像，剛剛還勢同水火的一行人此時竟然齊心協力地幹起了同一件事，這讓布布路心中燃起了一絲希望，總覺得人類和巨人的關係並非不可改善。

只是這和諧的氣氛並沒有持續多久。當眾人試着將石化的巨人搬出塔時，意外發生了——

巨人身上突然騰起駭人的白氣，覆蓋在他們身上的治癒之雨赫然消散，猩紅色的火苗噌噌地從巨人們石化的身體上往上冒。

更恐怖的是，所有人身上這時全都沾滿了熔化的油脂，火光像遊走的蛇一般，順着遍地流淌的油脂四處亂竄。很快，四周全部燃起熊熊的大火，渾身沾滿油脂的布布路他們，就像一個個人形助燃劑，毒辣的火蛇瘋狂舔舐着皮膚，大伙兒痛得哇哇大叫。

「不好！移動巨人也會觸發煉金術陣！暗部布下的局不止一層，看來也是大陣套小陣的疊加陣！」帝奇面如土色地說。

「不行了，我們得趕緊離開這裏！」餃子慘痛地大叫，「再不逃出去，我們都要被燒熟了！」

即便從十影王沙迦處學到了可持續控制水之牙的方法，但面對如此嚴酷的事態，賽琳娜的身體還是超負荷了，水精靈也累得筋疲力盡了，但她還是咬着牙，通過心靈感應的方式，讓水精靈將眾人身上的火焰迅速澆滅，再噴吐出一道強力水柱，在熊熊烈焰中沖出一條逃生的小路。

「快，大家趕緊離開……」賽琳娜一頭栽下，昏倒在地。水精靈的體力值也降為零，不得不回到怪物卡裏休息。

布布路趕緊背起大姐頭，領着大伙兒衝向塔外。在眾人的身後，令人窒息的大火迅速將小路吞噬。

新世界冒險奇談
第二十站 STEP.20

終極武器的奧祕
MONSTER MASTER 17

火中來客

　　大家奮力往外爬，索加卻突然掉頭了：「兵長不見了！」

　　「布魯！」四不像吐出一道紫色的雷光，劃破正在躥燒的高牆般的烈火。

　　火海深處，只見卡拉季奇頹然地看着身邊無數岌岌可危的石化巨人，雙腳仿佛釘子般邁不動半步。自從十三年前暗部成員觸發煉金術陣，讓他的靈魂置換到人類身體裏，他便開始步步謀劃如何解救僅剩的巨人同伴們，如今功虧一簣，他還要

這具骯髒的人類軀體有甚麼用呢?「兵長 ——」看到卡拉季奇似乎不打算出來,索加心急如焚,不顧一切地往火裏衝。

「等等!」布布路快一步上前鉗住索加的手腕。索加眼中閃過一絲詫異,人類的力量對他來說一向是微不足道的,但這小孩卻讓他感覺到了明顯的牽制。

「火勢太猛烈了,你的身體這麼龐大,很容易引火上身!」布布路大聲阻止道。

「區區火焰怎能擋我去路?我必須去做我該做的事!」眼見兵長危在旦夕,索加顧不得思考那麼多了。

就在這千鈞一髮的時刻,滾滾濃煙中一股不知源頭的異樣能量波朝四周逸散開來,原本兇猛得好似要撕裂天際的衝天大火,如同時間被暫停一般,變得好似靜止了。與此同時,空氣中憑空出現了許多閃耀的字符,字符越來越多,越來越亮,旋轉着,飛散着,形成了一個圓形的煉金術陣。

煉金術陣中,像蛛網一般交織出數股元素能量互相拉扯,在半空中拉扯出一個裂口。

「索加,接下來就交給我吧!」一個低沉穩健的聲音從裂口裏面傳出。

「阿爾伯特!」一個身着銀鎧、披着赤袍的男人從裂口中緩緩走出,餃子他們心中警鈴大作。

在眾人警惕的注視下,阿爾伯特轉身背對着眾人,也不知道他施了甚麼神奇的招數,周圍的溫度驟降至冰點,衝天的火光剎那間就平息了下來,空氣中甚至開始凝結出雪花。石化

巨人的熔化也隨之停止，遍地的油脂迅速凝固起來。開裂的地面也隆隆癒合了，岩石的縫隙中不斷有煉金術陣的光芒逸散而出……

片刻後，更令人驚奇的事發生了——遍地凝固的塊狀油脂再度轉化回巨人的身體，就像時間倒流了一樣！

布布路他們又驚又喜地相互看看，看起來，阿爾伯特是把暗部設下的「熔化煉金術陣」解除了，不僅如此，他還恢復了熔化的石化巨人族遺民。形勢瞬間發生了逆轉，可謂置之死地而後生！

「你就是傳說中的赤色賢者──阿爾伯特？」卡拉季奇驚愕地說，「我自詡是巨人族的煉金術專家，自從復活後，我致力於研究神之塔內的各種煉金術陣，費盡心思也只破解了靈魂互換的小陣，更絲毫沒有發現暗部佈下的陷阱……沒想到你對煉金術陣竟然如此有研究！」

「嘖，你來了！」索加面色有些尷尬，向卡拉季奇介紹道，「阿爾伯特是我的同僚，食尾蛇的四天王之一。原本女王陛下安排我們倆一同來幽靈島，但我不想借助他人的力量，希望憑一己之力將同胞們復活，因此就獨自出發了……」

索加似乎對阿爾伯特有些忌憚，但阿爾伯特出手挽救了巨人族遺民畢竟是不爭的事實，索加看了看復原的石化巨人，悶聲對阿爾伯特道：「不管怎麼說，多謝你出手相救！既然你已經來了，我也就不見外了。現在達摩能量核在我們手上，請幫助我們重啟『諸神的黃昏』，讓他們復活吧！」

在愛中誕生，在恨中毀滅

索加的話讓大家的心再度提到了嗓子眼，索加和阿爾伯特只是站在一起，兩人周身的空氣仿佛都顫抖起來，要是兩人合力，戰鬥力簡直難以想像。別說要奪回達摩能量核了，這下能不能活着出去都難說了。

想到這兒，布布路幾人不由得吞了吞口水，怪物和主人全都警惕地進入備戰狀態，尋找着索加和阿爾伯特的破綻。但「黑鷥」卻對大家使了個眼色，仿佛叫大家稍安毋躁，先按兵不動。

阿爾伯特似乎也沒把摩爾本十字基地的兩個導師和四個預備生，外加一個不知哪來的人類漁民放在眼裏，就像閒話家常般面色平靜地對索加說：「索加，你為了達摩費了這麼大的力氣，難道到現在還沒弄清『諸神的黃昏』到底是怎麼回事嗎？」

「遠古時代的事情根本沒有任何史料記載，我如何能得知？」索加被問住了，撇着嘴反問。

「沒有記載，並不意味着無從得知。」阿爾伯特眼中掠過一絲詭異的神采，氣定神閒地說，「我曾在使用『賢者之石』為真理守護者紅蓮打造身體時，無意中探視過她的一部分記憶，因此得知上古時代無人知曉的過往。」

「那時，藍星的生存環境十分嚴苟，表面百分之九十五以上都被海水覆蓋，可供生存的土地非常有限。為了解決這個問題，巨人、人類和侏儒三族創造了『諸神的黃昏』，它當時有

另一個更美好的名字叫『鑄神的黎明』，這件寶物之所以被打造出來的真正作用其實是 ── 填海造田！繁盛一時的『神鑄大陸』就是這麼誕生的，生活在這裏的人，從來不會因為資源不足而發愁，因為這裏的土地能在一天時間內開花、結果，源源不絕地為陸地上的所有生靈供給食物。大陸造好之後，『鑄神的黎明』被徹底封印起來，因為一旦再次開啟它，這座大陸將徹底沉落，再次變回海洋。」

「原來是這樣！」餃子驚道，「當年巨人曲解了其中的含義，不僅弄錯了名字，更弄錯了意圖，才導致了神鑄大陸的沉沒和消失。」

「真是可笑，所以即使用達摩的能量核開啟『諸神的黃昏』，巨人族也無法復活，有可能只是再填出一片陸地而已⋯⋯」帝奇恍然大悟道。

「嗚嗚⋯⋯」布布路心中卻浮現出無限感傷，淚眼婆娑地說，「達摩也好，『諸神的黃昏』也好，其實都是三族互助的產物，都曾經帶給大家無限美好的希望，卻最終淪為毀滅的道具，這一定是最初的鍛造者們絕沒想到的吧！」

「的確如此，」阿爾伯特進一步補充道，「不過，因為被荒置了太久，煉金術陣發生了一些缺損，所以神之塔和附近的一小片土地意外地保存了下來，並在汪洋深處逐年上升，直到如今完全浮出海面，也就是這座幽靈島。」

「也許這並不是意外，而是天意，」「黑鷺」看了眼小刺魨，歎道，「因為，歷史的真相是無法被任何力量徹底泯滅的。」

「真相也好，謊言也罷，都不是你們這樣的小人物能左右的。能夠見證到這些，你們已經非常幸運了！」阿爾伯特拍拍手，總結道，「雖然『諸神的黃昏』無法使用，但這裏的事我會妥善處理的，畢竟這是女王陛下的命令。至於摩爾本的這些閒雜人等，可以走了！」

說完，一道白光閃過，卡拉季奇口袋中的達摩能量核飛到了阿爾伯特手中。

與此同時，空中那個圓形煉金術陣飛速旋轉起來，陣中迸發出的光芒包裹住布布路他們。大家眼前一白，瞬間被吸進煉金術陣，飛速傳送出神之塔。

下一秒，一切都消失了，布布路他們徹底失去知覺。當意識重新恢復後，大家已經回到了「威武號」漁船上。原來，他們在海浪中，被銀老大的手下救了起來。

值得慶幸的是，雙子導師的靈魂都回歸原位了，雖然白鷺的聽力依然沒有恢復，但他讀唇語的能力加之一尾狐蝠超強的聲波定位系統，似乎沒有耳膜也沒有造成太大的影響。

更令人難以置信的是，黑鷺得意地從口袋裏掏出了達摩的能量核，原來在搬運石化巨人的過程中，他神不知鬼不覺地將卡拉季奇手中的能量核調包了。畢竟，對他來說，首要任務是保證哥哥白鷺不上通緝令。

在等待銀老大的時候，「威武號」的船員在禁區海域捕撈到豐厚的海產品。望着滿滿當當的船艙，銀老大的心情卻有些落寞，他很想知道，自己的好兄弟 —— 金老大的靈魂究竟被置換到哪裏去了，就算是一塊小石頭，他都想把它找到……

這時，甲板上金老大的身體動了一下，蘇醒過來，他睜開眼睛，有些困惑地看着周圍，最後看向銀老大，親熱地喊了一聲：「太好了，好兄弟，你在這裏……」

銀老大神情恍惚地看着金老大，多麼熟悉的語氣，多麼熟悉的眼神，這不就是他記憶中的阿金嗎？銀老大激動地撲上

去，一把抱住金老大：「太好了，阿金，你的靈魂回來了！」

一行人在巨大的浪花中漸行漸遠，他們身後，幽靈島迅速下沉。誰也不知道，幾十尊石化的巨人雕像，紛紛睜開了雙眼，緩慢地從地上站了起來……

吊車尾小隊和雙子導師如期返回摩爾本十字基地，白鷺主動向尼科爾院長請罪。院長嘮叨了半天，然後罰他關一個星期的禁閉。

黑鷺十分感動，院長哪裏是在懲罰白鷺？分明是讓白鷺靜修一陣子。

多可薩翔實地向怪物大師管理協會匯報了幽靈島事件的始末，在獅子曜的斡旋下，整件事被壓了下來，沒有走漏風聲。

一天早晨，白鷺發現他小心養在宿舍魚缸裏的小刺魨不見了，尼斯羅克的怪物卡牌也丟了。對此，白鷺沒有多大的情緒波動，只是自言自語似的念叨了幾句：「泰明導師，這十三年，藍星的變化很大，祝你旅行愉快，不要迷路……」

尾聲

華麗而冰冷的神殿裏。

幾十名復活的巨人族遺民，仰望着高高在上的王座，鄭重地宣誓道：「我等從此願向女王陛下效忠！」

為首的巨人是索加，可此時此刻，索加的神情和目光都特別陌生，就像是脫胎換骨了一般。事實上，這已經不是索加了，

而是魂歸原主的巨人族總兵長卡拉季奇，而和卡拉季奇並肩而立的那個更加年輕健碩的巨人，才是真正的索加。

原來儘管達摩能量核被調了包，阿爾伯特的煉金術陣卻將幽靈島的所有能量收集到了一起，自然也包括黑鷺口袋裏的達摩能量核。隨後，他在「諸神的黃昏」上疊加了數個複雜的煉金術陣，讓石化的巨人們重新復活了，並用林德帶回來的絕塵果將他們體內的毒素一一化解。

角落裏，本次任務中的最大功臣——阿爾伯特正帶着一臉讓人猜不透的表情冷眼旁觀着巨人族的效忠儀式，黃泉和布諾站在他身側。

「布諾啊，我覺得你應該跟阿爾伯特道謝，」黃泉用半邊黑洞洞的眼睛對着布諾，戲謔地說，「他這次明顯又放了你兒子一馬，而且還幫那對黑白無常導師把靈魂也換回來了。」

「這有甚麼可感謝的？阿爾伯特這麼做可不是為了幫我，而是為女王陛下下了一步好棋。」布諾淡然地說，「放走了那些知曉卡拉季奇祕密的人，就意味着卡拉季奇這十三年來以人類的身份謀劃的陰謀詭計如今都白費了，他也好，巨人族也好，現在唯一的選擇就是向女王陛下效忠。」

阿爾伯特瞪了布諾一眼，轉身離去，誰也沒有注意到，赤色的鬥篷下，他的左手變得如枯木般焦黑。

生命生生不息，此消彼長，彼生此亡，有繁華就有敗落，當年的巨人族如此，而今的人類亦將如此嗎？

【第十七部完】

MONSTER MASTER

尊敬的讀者：現在你跟隨著布布路一起踏上了成為怪物大師的道路！向所有的困難發起挑戰吧！

這是成為怪物大師的必經之路！！！

任務學分評級測試

Q10 當你發現本次任務與你出發時的初衷已經相去甚遠時，你有甚麼想法呢？

A. 早知如此，不如不出發 ——（你的學分評級為 C）

B. 計劃本來就趕不上變化，無所謂吧 ——（前往第 9 題）

C. 相對於結果，完成任務的過程更重要 ——（你的學分評級為 A）

■即時話題■

布布路：索加真厲害，居然能把神之塔攔腰撞斷！

白鷺：十三年前發生的爆炸讓神之塔發生了扭曲，它有一部分幾乎是斜著被埋進了土裏，而島上的地表高度也不相同，最初進入的控制室裏還可透光，算是被掩埋得最淺的地方。長角獸的巢穴就埋得很深了，到了石化的巨人和巨大煉金術陣這兒，土掩埋的部分又少了許多，甚至一部分牆體還裸露在外，這也就是索加能夠撞穿神之塔的原因。如果是完整的神之塔，恐怕就沒那麼容易被撞斷了！

布布路：原來如此，原來神之塔發生了這麼多變故啊！我完全沒有注意到啊！

賽琳娜：因為你就是個單細胞生物，沒有方向感，沒有地理感，只知道往前衝！

布布路：這不能怪我啊，誰讓雷叔給的設定就是這樣！

餃子：也對，團隊行動總需要布布路這樣的角色，要不然誰來替讀者提問題呢？我想現在讀者應該理解神之塔的構造了吧！

完成這個測試後，你可以判定自己作為一個怪物大師預備生在本次的任務中所獲得的學分評級。

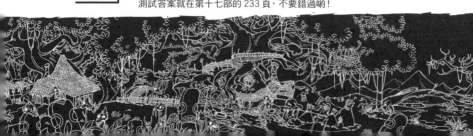

任務學分評級測試結果

學分評級 A

你可以說是導師眼中的標準好學生型。你品行端正，奮發向上，忠誠度高，在執行任務的過程中，擁有明確的目標。你以達成目標為首要原則，但也因此顯得過於耿直，而缺少靈活性，這點是需要注意的。

學分評級 B

你是個自我主張型的預備生。相比學分評級的結果，你更在乎的是任務本身。你不會盲目聽信任何人的話，你最相信的從來只有自己的眼睛，因此難免在任務過程中會發生偏離目標行為，這可能會是神來一筆，扭轉乾坤，也可能顛覆同伴們的所有努力。希望你能積累更多的任務經驗，避免在任務中拖後腿的情況出現！

學分評級 C

你對學分評級的追求大概僅僅是合格吧。這和你平日低調的生活態度有關。你從不爭強好勝，處事上有隨大流的趨勢。另外，你很在意別人對自己的看法，因此總會過度猜疑一切。希望你能樹立樂觀積極的心態，在人生道路上勇敢地邁出自己的步伐，而不是跟在他人身後。

學分評級 D

你不愛接任務，任務對於你完全沒有吸引力。事實上，你對很多事都沒有興趣，你覺得生活的本質就是百無聊賴，你只要自己能夠安全地生活下去就滿足了。但你要知道，人生中總有波折或者意外不期而至，你不可能永遠躲在「龜殼」中。希望你能多多培養一些興趣，找到屬於自己的歡樂。

這是成為怪物大師的必經之路!!!

MONSTER MASTER
LOVE MONSTER DREAMS

尊敬的讀者：現在你跟隨布布路一起踏上了成為怪物大師的道路！向所有的困難發起挑戰吧！

【奴隸印章】

執念即是心魔，人類往往貪求着不能駕馭的力量，當謎底最終揭曉，誰將倒下？誰又能戰到最後？

可怕的黑暗鍊金術，誰將失去自我，淪為被操控的傀儡奴隸？

【奴隸印章】

TRICK

突破！

拔地而起的謎之要塞！

第十八部

《御風者的青色罪印》

　　布布路四人前往獅子曜委員長家裏執行特殊任務賺取學分，沒想到卻遇上了恐怖襲擊。

　　數批身份不同的可怕刺客齊聚獅子曜家裏想要謀取他的性命，只因黑市上的一份天價懸賞單。幕後主使者會是誰？在一個不可能存在的刺客現身之後，大家嗅到了一絲詭計的味道……

PREDICTION

下部預告

為了探查食尾蛇組織的祕密基地，大家跟隨阿不思來到了古老的繪圖師陰山族所居住的慧壽丘，卻發現陰山族內部怪事不斷，而且還隱藏着見不得光的家族醜聞。

瀰漫的硝煙中，邪惡的陰影蟄伏着，隨時準備伺機而動。

伴隨着布布路四人和阿不思探尋真相的腳步，一個籌劃了多年的陰謀浮出水面。

埋伏着危險的迷宮要塞橫空出世，禁忌與靈夢的大門隨之打開——

榮耀，力量，責任……預備生們能在這場腥風血雨中找到真正的自我嗎？

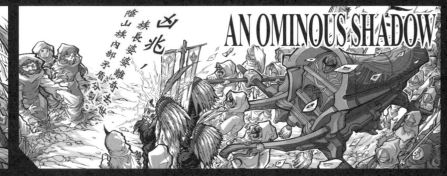

AN OMINOUS SHADOW

BUBURO.BURO. LIVAGE

布布路·布諾·里維奇

「怪物對戰牌」暗戰版使用說明書
Monster Warcraft

> ❗ **基本資訊**：單冊附贈 4 張卡牌。為 1—16 部怪物對戰卡牌集的擴充包。
> **遊戲人數**：2 人以上　　**遊戲時間**：5—20 分鐘

—— 「怪物對戰牌」暗戰版規則 ——

GAME START 成為『怪物大師』就要憑實力！

來場精彩的雙人對戰吧！洗牌開始—

【基礎牌組列表】

1. 人物牌：1 張
2. 基本牌：2 張
3. 特殊物件牌：1 張

附件：單冊附贈 4 張卡牌

【遊戲目的】

遊戲開始前，玩家需將自己的人物牌暗置，遊戲進行當中，當一名角色明置人物牌確定勢力時，該勢力的角色超過了總遊戲人數的一半，則視他為「黑暗潛行者」，若之後仍然有該勢力的角色明置武將牌，均視為「黑暗潛行者」。「黑暗潛行者」為單獨的一種勢力，與怪物大師管理協會和食尾蛇組織的兩大勢力均不同。他（們）需要殺死另外兩勢力，才能成為勝利者。

當以下任意一種情況發生，遊戲立即結束：

兩大勢力鬥爭時，一方勢力死亡，則另一方獲勝。出現第三方勢力之後，則需另外兩方勢力全部死亡，剩下的第三方才算獲勝。

【遊戲規則】

1. 將人物牌洗混，玩家抽取一張人物牌，並將人物牌背面朝上放置（即暗置）。處於暗置狀態下的人物牌均視為 4 點血量值，其組合技能和個人鎖定技力不能發動，明置之後，才可發動，血量存儲也恢復到牌面顯示的值，已扣掉的血量不可恢復。

2. 將怪物牌洗混，玩家抽取一張怪物牌，確定自己所擁有的怪物。

將怪物牌置於暗置的人物牌的上面，露出當前的血量值。（扣減血量時，將怪物牌右移擋住被扣減的血量值。）

3. 將基本牌、元素晶石牌、特殊物件牌等洗混，作為牌堆放到桌上，玩家各摸 4 張牌作為起始手牌。

4. 遊戲進行，由年齡最小的玩家作為起始玩家，按逆時針方向以回合的方式進行。暗置的人物牌只有兩個時機可以選擇明置：

◆ 回合開始時。

◆ 瀕臨死亡時。

5. 確定先出牌的玩家從牌堆頂摸 2 張牌，使用 0 到任意張牌，加強自己的怪物或者攻擊他人的怪物。但必須遵守以下兩條規則：

◆ 每個出牌階段僅限使用一次【攻擊】。

◆ 任何一個玩家面前的特殊物件區裏只能放一張特殊物件牌。

每使用 1 張牌，即執行該牌上的屬性提示，詳見牌上的說明。遊戲牌使用過後均需放入棄牌堆。

6. 在出牌階段，不想出或沒法出牌時，就進入棄牌階段。此時檢查玩家的手牌數是否超過當前的人物血量值（手牌上限等於當前的人物血量值），超過的手牌數需要放入棄牌堆。

7. 回合結束，下一位玩家摸牌繼續進

「怪物對戰牌」暗戰版使用說明書
Monster Warcraft

基本資訊：單冊附贈 4 張卡牌。為 1—16 部怪物對戰卡牌集的擴充包。
遊戲人數：2 人以上　　遊戲時間：5—20 分鐘

── 「怪物對戰牌」暗戰版規則 ──

行遊戲。

8. 判定的解釋：摸牌階段時，對要進行判定的牌需要進行判定，翻開牌堆上的第一張牌，由這張牌的顏色來決定判定牌是否生效。

9. 怪物牌翻面的解釋：在輪到玩家的回合開始前，若你的怪物牌處於背面朝上放置的狀態，請把它翻回正面，然後你必須跳過此回合。

10. 若遊戲未分出勝負，但牌堆的牌已經摸完，則重新將棄牌堆的牌洗混後，作為牌堆繼續使用。當所有場景牌用完之後，需要重新洗一遍場景牌，建立新的場景牌堆。

今年我們班上最流行的就是怪物對戰牌遊戲了！

怪物名稱	卡版	屬性等級	獲得方式
幻影魁偶	普通卡	A 級	隨書附贈
饕餮	普通卡	? 級	隨書附贈
幻影冥狐	普通卡	A 級	隨書附贈
庫嚕嚕	普通卡	B 級	隨書附贈
梅菲斯特	普通卡	B 級	隨書附贈
金牛座	普通卡	A 級	隨書附贈
書翁	普通卡	S 級	隨書附贈
丁丁	普通卡	C 級	隨書附贈
百絨融融	普通卡	C 級	隨書附贈
安第斯	普通卡	C 級	隨書附贈
金牛座普	普通卡	A 級	隨書附贈

【怪物卡牌一覽表】

怪物名稱	卡版	屬性等級	獲得方式
四不像	普通卡	D 級	隨書附贈
水精靈	普通卡	D 級	隨書附贈
藤條妖妖	普通卡	D 級	隨書附贈
巴巴里金獅	普通卡	C 級	隨書附贈
金剛狼	普通卡	B 級	隨書附贈
一尾狐蝠	普通卡	B 級	隨書附贈
魔靈獸	普通卡	A 級	隨書附贈
泰坦巨人	普通卡	S 級	隨書附贈
泰坦巨人（覺醒版）	閃鑽卡	S 級	隨書附贈
巴巴里金獅（家族守護版）	閃鑽卡	A 級	隨書附贈
蒼赤虎（影子版）	普通卡	C 級	隨書附贈
花芽獸（影子版）	普通卡	C 級	隨書附贈
龍膽（影子版）	普通卡	B 級	隨書附贈
露姬兔（影子版）	普通卡	D 級	隨書附贈
大聖王	普通卡	D 級	隨書附贈
九尾狐	普通卡	D 級	隨書附贈
騎士甲蟲	普通卡	D 級	隨書附贈
惡魔酷丁	普通卡	D 級	隨書附贈
塞隆鼠	普通卡	B 級	隨書附贈
帝王鴉	普通卡	A 級	隨書附贈
帕米魯格	普通卡	A 級	隨書附贈
般若鬼王	普通卡	A 級	隨書附贈
大聖王（十影版）	閃鑽卡	S 級	隨書附贈
風隱	閃鑽卡	A 級	隨書附贈
水精靈（升級版）	普通卡	C 級	隨書附贈
大紅武章	普通卡	B 級	隨書附贈
克林姆林	普通卡	A 級	隨書附贈
鎖鏈魔神	普通卡	A 級	隨書附贈
藤條妖妖（升級版）	普通卡	B 級	隨書附贈
地獄巨犬	普通卡	C 級	隨書附贈

GAME START 成為『怪物大師』就要憑實力！

來場精彩的多人對戰吧！洗牌開始！

6

「怪物大師」四格漫畫小劇場
Comic Theater

○ 靈魂身體互換

● Comic：李仲宇／Story：黃怡崢

編輯部特別獻禮『怪物大師』中鮮為人知的小番外小趣味！

無天食時間 爆笑登場！

「怪物大師」四格漫畫小劇場
Comic Theater

● 餃子的毛病博覽會

Comic：李仲宇／Story：黃怡崢

餃子毛病很多，每次坐交通工具都嘔吐……

雕塑乘甲殼蟲
雕塑乘龍首船
雕塑乘小舟

又有密集恐懼症……

vs 地鼠洞
vs 千目怪

餃子作品 泰坦
餃子作品 精衛鳥
餃子作品
餃子作品

又喜歡編故事吹牛。

擅長講故事甚麼的，才不是毛病，是特長！

前幾個我都承認……

說謊才是重點吧？！

爆笑登場！
編輯部特別獻禮『怪物大師』中鮮為人知的小番外小趣味！

特別企劃 · 第七期偵查報告
【這裏，沒有祕密】

Q1. 在第十六部裏，藍羽軍穿的都是劇毒羽衣，其毒性強到無人敢靠近，那麼他們是怎樣把羽衣穿上的呢？祖爾法為甚麼敢把穿着羽衣的手下背起來，又一點事都沒有呢？

答：德西藍家族內部及藍羽軍必然有特殊的防護方式，通過藥水或者外用藥劑避免傷及自身，不然整天接觸有毒物質，是不可能沒事的。而且關於「劇毒羽衣」的説法，是賽琳娜從傳聞中得知並講述給布布路的，並不一定絕對正確，傳説總有誇大的成分，不是嗎？

Q2. 布諾的全名是叫克勞德·布諾·里維奇，布布路的名字是該叫布布路·布諾·里維奇還是克勞德·布布路·里維奇呢？

答：這裏要解釋一下，雷叔並不是按照西方的普遍思路來給這對父子取名的。布布路的爸爸全名是克勞德·布諾·里維奇，不過更多人熟悉的是「布諾·里維奇」，可以理解為是行走天下時用的一個名號。在書中，和布布路的爸爸有關的情節，都是用「布諾」相稱，大家不必把它看成是個中間名，而應該是個簡稱。布布路的全名是布布路·布諾·里維奇，布布路傳承了父親的名號，即「布諾·里維奇」，但如果也稱他為布諾，必然會造成混淆，而且由於背負着「惡魔之子」的原罪，他的全名説出來是要招惹非議的，所以是以布布路相稱。

Q3. 布布路的嗅覺、視覺技能應該是非常實用的，但有時為了順應故事情節的發展，這些技能就被遺忘了嗎？

答：編輯部老認為雷叔總是把布布路的主角光環一刷再刷，原來居然還有錯漏的時候啊！當然也有可能是因為餃子開啟天眼後，布布路的某些光環就被搶走了！

Q4. 有幾個影子版的卡的怪物怎麼從沒出現過呢？

答：讀者不提，編輯部都忘記了這件事啦！現在就去催雷叔填這個坑！但老實説，雷叔需要填的坑早就排到對面馬路去了，唉，給他一點時間吧！

Q5. 阿爾伯特目前應該是兩套書中呆毛最多的人了吧？

答：難説，畢竟之前提過唐曉翼是滿頭呆毛！

Q6. 為甚麼大地的始祖怪蓋亞到現在還沒有出場呢？

答：總會出現的，請耐心等待。

Q7. 「怪物大師」的預告有些並沒有預告到點子上，例如第十五冊預告，我以為四不像後腦勺的那個是甚麼厲害的怪物，結果只是丁丁；第十六冊預告我以為是金貝克的專場，結果他只是來打醬油的。建議以後的預告寫得更加切入正題一點。

答：一般編輯部寫預告都以不劇透為首要前提，因此難免受到限制。讀者的建議我們虛心接受，今後會力爭寫出更精彩的預告！

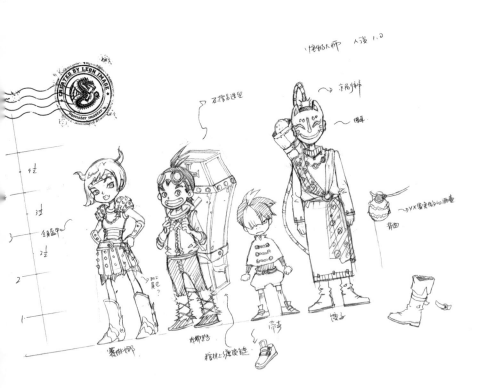

Staff
製作團隊

宋巍巍
Vivison
【總策劃】

趙 婷
Mimic
■ 執行

黃怡崢
Miya
谷明月
Mavis
■ 文字

孫 東
Sun
李仲宇
LLEe
周 婧
Qiaqia
■ 插圖

蔣斯珈
Seega
李仲宇
LLEe
■ 色彩

李禎褛
Kuraki
葉偲逖
Yesty
■ 灰度

丁 果
Vin
■ 設計

CREATED BY LEON IMAGE
Love & Dreams
MONSTER MASTER

[雷歐幻像] 作品
LEON IMAGE WORKS

責任編輯：練嘉茹
裝幀設計：高　林
排　　版：沈崇熙
印　　務：劉漢舉

怪物大師
—— 泯滅的靈魂碎片

□
著者
雷歐幻像

□
出版
中華教育
香港北角英皇道 499 號北角工業大廈一樓 B
電話：(852) 2137 2338　傳真：(852) 2713 8202
電子郵件：info@chunghwabook.com.hk
網址：http://www.chunghwabook.com.hk

□
發行
香港聯合書刊物流有限公司
香港新界大埔汀麗路 36 號
中華商務印刷大廈 3 字樓
電話：(852) 2150 2100　傳真：(852) 2407 3062
電子郵件：info@suplogistics.com.hk

□
印刷
美雅印刷製本有限公司
香港觀塘榮業街 6 號 海濱工業大廈 4 樓 A 室

□
版次
2018 年 8 月第 1 版
2019 年 6 月第 1 版第 2 次印刷
© 2018 2019 中華教育

□
規格
32 開（210 mm × 140 mm）

□
書號
ISBN：978-988-8513-80-2

本書經由接力出版社獨家授權繁體字版
在香港和澳門地區出版發行